U0782855

中国历代通俗演义故事·农闲读本

杨家将

原著　纪振伦
编著　杨铁兰
插图　宋宇航

吉林出版集团股份有限公司

图书在版编目(CIP)数据

杨家将 / 杨铁兰改编. —长春：吉林出版集团股份有限公司，2008. 11(2023.8 重印)
(中国历代通俗演义故事：农闲读本)
ISBN 978-7-80762-928-3

Ⅰ. 杨… Ⅱ. 杨… Ⅲ. 章回小说—中国—明代—缩写本 Ⅳ. I242.4

中国版本图书馆 CIP 数据核字(2008)第 165853 号

YANG JIA JIANG
书　　名 杨家将
出版策划 崔文辉
责任编辑 刘虹伯
出　　版 吉林出版集团股份有限公司
(长春市福祉大路 5788 号，邮政编码：130118)
发　　行 吉林出版集团译文图书经营有限公司
(http://shop34896900.taobao.com)
制　　作 猫头鹰工作室
电　　话 总编办 0431-81629909 营销部 0431-81629880
印　　刷 三河市金兆印刷装订有限公司
开　　本 889×1194 毫米 1/32
印　　张 6.25
字　　数 103 千字
版　　次 2008 年 11 月第 1 版
印　　次 2023 年 8 月第 2 次印刷
标准书号 ISBN 978-7-80762-928-3
定　　价 38.00 元
(如有印装质量问题请与出版社调换。联系电话：18533602666)

前 言

《杨家将》是一部经典的传统小说，它以北宋年间宋、辽两朝频繁交战的历史为背景，讲述了以老令公杨继业为首的杨家五代人为了保卫国家，前赴后继，在战场上英勇奋战的事迹。这部小说描写的杨家将和我们平时在电视剧中看到的杨家将故事有很大的区别，小说不仅描绘了很多真实的战争场面，还充满了神话的色彩。杨家将不仅个个英勇善战，其中一些人还具有超人的本领，如杨文广吃了仙丹以后，能够任意变化飞行，宣娘能够呼风唤雨，和神仙沟通交流等。

由于《杨家将》的古本作者是明朝的纪振伦，因此整本书用的都是现代人很难读懂的文言文。为了让更多的人能够读懂《杨家将》，本书对古本中的故事进行了整合，删减了一些情节，整理出诸如潘杨案和大破天门阵等具有代表性的二十个故事，力求用简单易懂的语言编写出一本大多数人，特别是广大农村读者能阅读的书籍。本书对古本中的一些人名和地名做了一些更改，如古本中的木阁寨被改为大家更为熟悉的穆柯寨，木桂英也相应地改为穆桂英。佘老太君在前面的几篇故事中按照古本被称为令婆，等到杨家降宋以后，就把令婆改为人们更熟悉的称谓太君。通过进行这些改动，使广大读者在阅读的时候能更好地理解这些故事。

这20个故事除了对杨家几代人的英雄事迹进行描述以外，还对一些小人物进行了描绘。在很多影视剧中杨六郎的手下孟良是一个有勇无谋的大老粗，这实际上严重扭曲了古本中人物的真实形象。其实孟良不仅不是一个大老粗，还是一个心思十分缜密的人。在改写的几篇和孟良有关的故事中，细致地讲述了孟良表面上大大咧咧，实际上心细如发的性格，如为了盗取萧太后的宝马，他想到了先用计让马生病，然后再假借医马的机会盗走马匹的妙计。本书对其他诸如岳胜、焦赞、魏化等人物也进行了一定的描写，因为这些人也可以被认为是杨家将的一部分。

传统的小说难免存在一些忠君的封建思想，在改写的过程中尽量减少了这些愚忠的思想，更多地宣扬杨家将为江山社稷舍身忘我的无私奉献精神。作为一个非职业的写作者，在改编的过程中难免出现一些错误，敬请大家批评指正。

编　者

目录

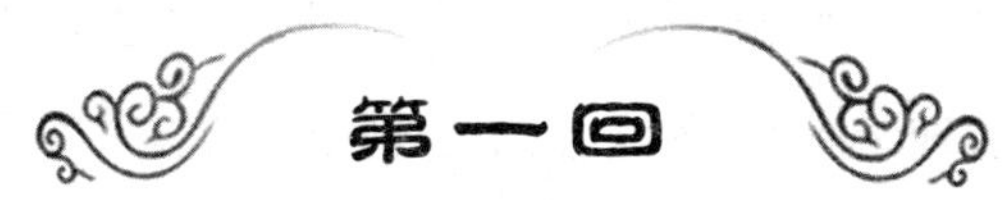

第一回

宋太祖黄袍加身 继业率汉军抗宋

宋太祖姓赵，名字叫匡胤。他的父亲赵弘殷是后周的检校司徒、岳州防御使。母亲杜氏是安喜人，在洛阳的夹马军营中她生下了赵匡胤。当时满屋都是红光，奇异的香味整个晚上都持续不散，于是人们称他为“香孩儿”。赵匡胤的兄长叫赵匡济，三个弟弟分别是赵光义、赵光美、赵匡赞。赵匡胤的父亲去世得很早，并且他的兄长匡济和弟弟匡赞也都英年早逝。幸好赵匡胤的母亲杜氏是一个善于治家的女人，在母亲的教导下，匡胤、光美、光义三兄弟健康成长。后来，赵匡胤三兄弟在陈抟的指导下学习，在文韬上学习孔孟之道，在武略上学习孙武的兵法。在陈抟那里学成以后，三兄弟又拜在镇州学究的门下继续学习。

为了实现自己的抱负，学成了本领以后赵匡胤投靠了周世宗。最初他担任东西班行首，后来被提拔为殿前都指挥使，掌管军中事务，并跟随周世宗进行军事征伐，屡次建立军功，将士们都很佩服他。有一天，周世宗在公文中发现了一个长约一尺的竹简，上面写着一行字：殿前点检做天子。发现竹简的第二天，周世宗就将殿前点检张永德斩首了，他下旨命赵匡胤担任殿前点检的职务。不久以后，世宗驾崩，他的儿子柴宗训继承了皇位。为了笼络人心，柴宗训加封赵匡胤为检校太尉，并兼任归德节度使。

柴宗训刚刚登上帝位就赶上北汉与辽国联合出兵五十万侵犯中原的土地。后周朝廷仓促间作出决定，派遣赵匡胤率领禁军抵御辽汉的联军。当天赵匡胤就领兵出发，并在陈桥驿扎下了营寨。当天夜里，殿前都指挥使石守信、侍卫亲军都指挥使高怀德、殿前都检讨张令铎、殿前都虞侯张光翰、龙健左厢都虞侯赵彦徽聚在一起秘密地商量事情。他们认为皇上年纪幼小，还不懂得朝中的事务，虽然将士们为了朝廷在拼命作战，可是小皇帝能治理好国家吗？不如推举一个有才有德的人做皇帝，这样既可以保住江山，又能让大家的付出真正得到回报。这些将领们一致认为赵匡胤能够担当这个重任，于是他们决定拥立赵匡胤做皇帝。

第二天，士兵们披挂整齐手持兵器，一同来到赵匡胤休息的地方。众位将军闯进赵匡胤的帐篷并把一件黄袍披在了他的身上，然后又簇拥着他来到外面。将士们全都向新天子跪拜，高呼万岁完毕以后把赵匡胤扶上马，大家一起返回汴京城。赵匡胤骑在马上没有动，他对将士们说："你们这些人贪图富贵拥立我做皇帝。但是首先你们必须听从我的命令，不然我是不会做这个皇帝的。"赵匡胤提出了三点要求：一、善待后周的太后和幼主；二、不准欺凌同朝的公卿；三、不能抢夺财物，不许随便杀人。听从命令的人将得到重赏，不服从命令的人要诛杀九族。将士们连声称是，队伍纪律严明地进入汴京城。进城以后，在众人的簇拥下赵匡胤来到了崇元殿。众位将士命文武百官前来朝贺。赵匡胤说："没有禅让皇位的圣旨，我不能擅自升殿。"他刚说完，翰林承旨陶谷就从衣袖中取出了禅让的诏书当众宣读。圣旨宣读完毕，赵匡胤在殿前跪拜接旨，然后穿上龙袍即皇帝位，成为一代开国皇帝，即宋太祖。接受完百官的朝贺以后，太祖下旨封周朝幼主柴宗训为郑王，符太后为周太后，将她们母子迁到西宫居住。大赦天下，改国号为宋，改年号为建隆元年。封赵家三代人为皇帝，封自己的母亲杜氏为皇太后，妻子王氏为皇后，长子德昭为皇太子，次子德芳为梁王。又封兄弟的儿子德崇为燕王，又称八王爷。封弟弟光义为晋王，光美为秦王。文武百官都各升一级。

太祖登上皇位以后就面临着辽汉联军犯边的问题。为了解决这个问题，宋太祖赵匡胤决定御驾亲征。他任命李继勋为先锋官，王全斌做统军都督指挥使，石守信为护驾大将军。当天三军就浩浩荡荡地向着太原出发了。几天以后宋朝的大军到达了董泽，在辽汉联军营寨的对面安下了军营。第二天太祖升帐时说道："朕不知道太原的地形，现在想要探听一下对方的虚实，谁能和朕一起去打探一下？"曹彬说："不用陛下亲自去，派两个人前去就足够了。"太祖想出了一个好办法，他命令王彦升、遵训两个人挑选两匹好马，装扮成西夏卖马的商人前往太原，这样就可以在敌军毫无察觉的情况下仔细地查看太原的地形，并把地形绘制成地图带回军营。

先不说王、遵二人如何去观察地形，说完了宋朝的情况，再介绍一下北汉的状况。北汉原来的皇帝是刘钧。他有一个妹妹嫁给了薛钊，薛钊死得早。刘钧自己没有儿子，就把薛钊的儿子继恩当作自己的儿子抚养。后来，刘钧的妹妹又嫁给了何元业，生了两个儿子，长子继元，次子继业。刘钧又把这两个孩子当作自己的儿子抚养。继业长大成人以后娶了佘氏为妻，佘氏生育了七个儿子，分别是长子渊平、次子延广、三子延庆、四子延朗、五子延德、六子延昭、七子延嗣。佘氏还生育了两个女儿，八姐杨琪、九妹杨瑛。继业的这些儿女都英勇善战，并且精通兵法。汉主刘钧驾崩以后，继恩继承了北汉的皇位。由于北汉仇视后周朝廷，于是北汉向辽国称臣，并请求辽国派兵帮助其入侵后周。汉主任命继元为领兵大元帅，继业为先锋官。按照命令，继元领命率领二十万大军来到白坂河安下营寨。下寨时看见宋军在对面的董泽扎下营寨，继元就派延广到宋营下战书，约定双方交战的时间。此时，宋太祖正在帐中想着王、遵二人去勘察地形的事，忽然有军兵报告说汉主派人前来下战书。太祖下令召见来人，有人把战书递给太祖观看。看完了战书以后，太祖笑着对延广说："太原只不过是个弹丸之地，有什么难以攻破的？回去告诉你们的皇帝，如果他识时务早日投降，还能被封为侯爵。但是如果他一味地负隅顽抗，他很快就会成为阶下囚，到那时想要活着都难了。"说完这些以后，太祖告诉延广他同意双方在明天进行交战。延广领命走出御帐，正好遇见王彦升、遵训两个人走进御帐。二人把画完的太原地形图献给了太祖，看完以后太祖开始派兵遣将。他命令虎将桑锦在当天夜里率领三千军兵埋伏在白坂河左侧的大汀洲，午时杀向白坂河。然后命令米轮率领三千军兵埋伏在白坂河右侧的鸡笼山，未时杀向白坂河。两位将军按照命令去埋伏。为了防止意外的情况出现，太祖又命令高怀德率领三千士兵前往大汀洲接应桑锦，张令绎率领三千士兵前往鸡笼山接应米轮。王守贞、李继仁带领一万军兵从白坂河的后面杀出来，曹刚带领五千人马接应守贞等人。众将按照太祖的吩咐开始为明天的战事做准备。

这边北汉君臣也在升帐议事，延广下完战书以后回来禀报汉主，汉主问宋太祖都说了什么。延广回答说："宋主说如果您能投降，他会封您为侯爷。如果您不这样做，明天就要进行决战。在出辕门的时候，我见到两个人进了宋军的军营，他们很像前几天在这里卖马的西夏人，这样看来他们是宋军的探子，到这里卖马是为了探查地形。"继业向汉主启奏说："臣已经知道宋军的目的了，白坂河左侧的大汀洲、右侧的鸡笼山都可以埋下伏兵，宋军窥探地形的目的就是要在这两处埋下伏兵。只要安排人在中途进行拦截，埋伏在两地的宋军就不能协助其余宋军发动进攻了。"说完以后，继业开始派兵，他首先命令渊平、永吉各领一千人，在白坂河左侧十五里的路上等候，信炮响起以后一个人杀向大汀洲，另一个人杀回来。他又吩咐延惠、张德也各领一千人，在白坂河右侧十里的路上等候，信炮响起以后，一个人杀向鸡笼山，另一个人杀回来。最后，继业又派遣自己的妻子佘氏打着白色的令字旗带领一千军兵前往白坂河的后面准备迎战。

第二天早晨，两军在沙场摆开阵势。宋军在南侧列阵，宋太祖亲自临阵，他头戴一顶双龙升天黄金头盔，身披一件带有双龙升天刺绣的战袍，胯下一匹腾云赤龙驹，威风凛凛，霸气十足。宋军的诸位将领在太祖的两侧按一字长蛇阵排列，太祖的左边是王全斌、张光翰、潘仁美等十八员大将，他的右边是李继勋、石守信、赵彦徽等十八员大将。北汉军队在北侧摆下了阵势，汉主头戴一顶镶金日月凤翅盔，身穿一件洒花滚龙袍，胯下一匹铁蹄碧玉骢(cōng)。在汉主的左侧是继元、耶律休才、张知镇等十五员大将，右侧是继业、不花颜儿等十五员大将，也按照一字长蛇阵排列。太祖出阵与北汉皇帝对话，二人话不投机，双方开始交战。

宋太祖亲自出战，继业心中暗想：擒贼先擒王，如果抓住了赵匡胤，要胜过斩杀百员大将。于是他奋勇迎战太祖，太祖也抖擞精神与继业交战。三四十个回合过去以后，宋军的伏兵杀了过来，继业假装战败而逃，太祖催马在后面追赶。继业张弓搭箭回头射向太祖的前胸，太祖的坐骑突然昂头跳起，用嘴咬住了箭，虽然救了太祖，却把他掀到地上了。继业举起大刀正要砍下时，潘仁美赶来救驾。宋太祖跳上马逃走了，继业用枪刺伤了潘仁美的马，然后继续追赶宋太祖。正在此时，李继勋、王全斌赶到救驾。先前李、王二位将军杀入北汉军队中追赶汉主，他们见到太祖有难就杀了回来。太祖命令他们去救潘仁美，李继勋领命而去。他赶到时看到北汉的士兵正在围攻潘仁美，他杀散北汉士兵，夺了一匹马给潘仁美骑，然后两个人并马杀出了重围。继业在宋朝的军队中左右冲杀，如入无人之境。由于汉主被李、王二将紧追不舍，为防止出现不测，继业下令收兵。宋太祖也收兵回到军营，他看到潘仁美身中数十枪，就命他回到汴京养伤。过了一会，三路伏兵也大败而归。听到这个消息，太祖十分惊讶，最初他认为继业并没有什么谋略，经过这一战才知道这员战将的本领并不在孙膑伍子胥之下。

经过这一战，宋军一共死伤了一万多人。太祖感到很悲伤，曹彬等将领建议在夜间偷袭北汉的军营。太祖担心继业已经料到宋军晚上偷袭汉军营寨，会做好准备，贸然偷袭只会增加宋军死伤的人数。曹彬说道："如果汉军有准备，臣领着敢死队虚张声势，假装攻打营寨，汉军埋伏在营外的人马一定会杀回来。到时候请陛下率领大军围杀汉军。继业虽然有智谋，但是他也不会料到这一点。"于是太祖令曹彬、石守信率领五千敢死队去偷袭汉军的营寨，又命令王审琦、王彦升、李继勋带领三万精兵进行掩护。任务分派完毕以后，等到三更便去偷袭汉军的营寨。

再说北汉的君臣。回到军营以后，继业对汉主说："今天宋军虽然战败了，但是并没有损伤大将，今天晚上一定会来偷袭营寨。我们全部都要撤出军营，留下一座空营，不必与宋军交战。"汉主不明白为什么继业不出兵与前来偷袭的宋军作战。继业解释了原因，他认为宋太祖行军打仗与曹操一样，是十分奸诈的。他一定会让敢死军先冲入军营，因为这些士兵锐不可当。到时候汉军只放炮呐喊，这样就能把外围宋军的大队人马骗进来，里面的宋军敢死队又会以为是汉军把自己包围了，因此必然奋勇杀出。这样宋军就会自相残杀，汉军则可以以逸待劳，等到宋军疲惫的时候再冲杀一阵，这要比与宋军直接进行正面对抗好很多。按照继业的计策，汉军也做好了准备。

当天夜里，曹彬、石守信二位将军率领敢死队杀入汉军营寨，并放起了信炮。听到汉军的营地也放起了信炮，曹彬等人认为汉军攻了进来，马上杀了出去。王审琦等大将听到汉军的信炮以后却认为汉军要杀出来，于是带领军队杀入汉军的军营。宋军光顾着拼命厮杀，竟然没有觉察到是自己人在自相残杀。折腾了一晚上以后，宋军才知道是自己的军队在互相厮杀，刚要收兵的时候，继业率领汉军杀了出来，宋军被砍伤了很多人。

太祖十分悲痛，询问汉军中有这样谋略的人是谁。石守信回答："汉军巡逻的士兵称他令公，此人名叫何继业，因为在出战时他打着红色的令字旗，而他的妻子打着白色的令字旗，所以夫妻二人又号称令公、令婆。"太祖心想：朕也听说这个人英勇善战，北汉军队称其为无敌将军，没想到他有如此的谋略。朕要是能使这个人归顺就好了。想到这里，他命令士兵先休息，自己又把太原的地图拿出来观看。看完以后，太祖马上命令何继筠、王彦升领兵五千到镇定安营。只要辽兵一到，王彦升就出兵和辽军交战，何继筠则在岭下假装率军截断辽军的归路，辽军必然退兵。他又命令王全斌、桑锦率领三千军队埋伏在莫胜坡，拦截来自太原的汉军。

继业晚上夜观天象发现几天以后将持续有雨。于是，他把汉军分成三部分，一部分擂鼓呐喊，一部分手持炮箭等待作战，剩下的一部分则去砍柴。砍柴的士兵回来的时候还要高喊“烧尽大宋的军队”，用这种方法来迷惑宋军，使他们无法知道事情的真相。另外，继业看到宋军如此熟悉地形，就派张得、永吉率领三千军队到镇定关去迎接辽军，以防宋军在路上进行阻截。

宋军看到汉军一边呐喊一边砍柴，不明白是什么意思。第二天升帐的时候，有人把这件事禀告给了太祖，太祖也不明白这是为什么。当天夜里，太祖与众将一起观星时才发现即将有长时间的阴雨天气，他叫苦不迭。第二天，宋军将士也出去砍柴。不过，宋军只砍了半天的柴，就下起了滂沱大雨。因为连着下了好几天的雨，太祖在军中感到十分苦闷。正在这个时候何继筠的儿子何承睿回到宋军营地，他禀告太祖宋军已经阻止了辽军，并且王全斌在莫胜坡全歼了张得、永吉带领的接应辽国军队的汉军士兵。何承睿请求太祖再派些士兵协助他们父子，防止辽军增兵，自己不能进行抵御。太祖说：“没有关系，要下很长时间的雨，等到天晴占领了太原以后，辽军听到消息自己就撤走了，不用再增兵。”

这场雨下了将近一个月才停了下来，刚刚晴了两天，宋太祖就派兵向汉军挑战。北汉皇帝决定假意向宋朝请降，从而换取暂时的和平。继业向汉主上奏说：“首先出奇兵打败宋军，这样宋太祖才能接受我们的要求。陛下也不用写诈降的书信，只要在信中讲清楚利害关系，使宋军主动退兵就行。”第二天又是晴天，太祖再次派兵前来挑战，将近中午的时候，天突然暗了下来，太祖收兵回营。继业率领汉军从营中冲出，在后面追杀宋军，一直追到宋军的营地。延广带领事先埋伏好的弓箭手开弓放箭，射死了很多宋军，并夺得大量马匹和兵器。

这一战宋军又损失了数万人，就在这时汉主派人前来下书，太祖看完了以后，又传给诸位将领们观看。大家明白太祖已经有了退兵的意思。为了给以后收复太原做好准备，太祖听从太常博士李光赞的建议，命令先锋李继勋在上党屯兵，然后太祖解除了对太原的包围，回到汴京。

乾德七年，宋太祖又派人给汉主下战书，北汉朝廷对此不予理会。后来在开宝九年秋天的八月，宋太祖命令党进、潘仁美、杨光美、牛思进、米文义分五路精兵攻打太原。北汉向辽国求援，辽国派三十万军队救援北汉。何继业用计杀败了宋军的五路兵马，宋太祖收复太原的愿望再次落空。

第二回

投明主令公降宋 杨家将捐生保驾

开宝九年的冬天，宋太祖赵匡胤得了重病，他认为自己的时日已经不多了，就决定把自己的皇位让给弟弟晋王赵光义。太祖嘱托晋王要完成三件事：第一，起用学识渊博的李齐贤做宰相；第二，将来灭掉太原的北汉政权以后要重用名将何继业，他是一个智勇双全的将领；第三，完成太后的遗愿，到五台山进香。不久以后，太祖驾崩，太宗继承了皇位，大赦天下，文武官员各升一级。

太宗继承了皇位以后就和群臣商议怎样完成先帝的遗愿，是先取太原还是先到五台山进香。经过商议决定先取太原，然后到五台山进香。决定以后，太宗下旨任命潘仁美为北路招讨使，统率崔俊彦、李汉琼、刘遇春、曹翰、米信、田重进，分兵讨伐北汉，先锋官是党进。同时又命令郭进率领三万士兵前往白马岭截住辽国的援兵，并封他为太原石岭关都部署。

辽国的萧太后派遣人询问大宋为什么进攻北汉，太宗回答来使说："太原是朕的土地，现在却成为不稳定的根源，因此必须兴兵进行讨伐。回去告诉你们的君主，如果她不发兵帮助汉主，两国之间的和约仍然有效。要是她执意逆天行事，两国之间的战争就不可避免了。”使者回到辽国以后，把太宗的话转达给了萧太后，萧太后听完以后大怒，她命令南府宰相耶律沙为领兵大元帅，翼王敌烈为监军，统兵二十万支援北汉。

太宗将军队驻扎在了绛阳，汉主则在柳都屯下了兵马。两军相互对峙了大约一个月。这一天，太宗升帐，他把太原的地图看了一遍以后，决定第二天进攻柳都。太宗首先派人截断汉主的归路，他命令崔彦俊、石守信各自率领五千军队埋伏在太行山下，等到北汉的君主败退回来以后杀出来截断他的归路。李汉琼、刘遇春各领兵五千埋伏在阴丘，等到北汉的君主败走到此地时，出兵拦住他，使他不能逃到辽国。然后太宗又命令曹翰、王全斌带领三万人马从东面杀入柳都，桑锦、米信率领三万人从西面攻进柳都。先锋党进和李继勋带领一万铁骑从中路攻入柳都。最后，太宗还派遣潘仁美带领十万人马攻打太原城，曹彬和张光翰各自领兵五千救援各方。任务分派完毕以后，宋军的将士们开始准备作战。

第二天，北汉的探子把宋军兵分三路杀来的消息告诉了汉主，由于当时名将何继业恰巧生病了，汉主听到宋军进攻的消息非常担忧，竟然流下了眼泪。见此情景，宰相郭无为说他有退兵的办法，他请汉主把调兵遣将的权力交给自己。汉主非常高兴，为了方便郭无为调遣军队，汉主还将天子剑交给了他，使他有先斩后奏的权力。郭无为拜谢完汉主以后就开始派兵，他命令继喁、李勋带领三千兵马从柳都的左侧杀出迎战敌军，楚才、薛陀佳率领三千兵马从右侧杀出迎战敌军，渊平、方伯、任牛各自带领一万人马保护着汉主从柳都的中路杀出去，然后他又任命张明做先锋，率领三千士兵先出去与敌军交战。最后，郭无为派延惠、继芳各自率领一万军队作为各方的军队援军。各位将领按照吩咐出战迎敌。

北汉君臣刚刚部署完军队以后宋军的人马就杀到了。两军刚一交战，宋军的先锋党进没用几个回合就斩了北汉先锋张明，汉军顿时乱成了一团，士兵们丢盔卸甲都逃跑了，宋军蜂拥而至。汉主先败回到太原，只见太原已经被宋军团团包围，无法进入，于是向太行山方向败退，快要到山下的时候，忽然响起了一声炮，接着又万箭齐发。汉主看见自己的归路被截断，已经没有可以安身的地方，他不忍心连累别人，拔出宝剑要自杀。众将忙劝说汉主先到白马岭投奔辽国，以后再做打算。汉主听从了众人的意见，没想到走到阴丘时又遇到了宋军的大将李汉琼，这时汉军的背后又响起了喊杀声，北汉君臣在马上吓得魂不附体，都认为这回是彻底完了。后面的军队渐渐走近了，这时北汉君臣才看清楚原来是令婆佘氏带领着军兵杀了过来，大家的心才放了下来。君臣相见，令婆知道太原被宋军包围以后，又率领军兵杀出一条血路，保护汉主进入太原。

进入城中以后，汉主询问令婆是怎么知道自己遭难的，令婆回答："我丈夫的病刚刚好了一些，夜晚观天象的时候发现圣上您战败被困了，因此派我带领着家兵前来救驾。刚下山我就遭到宋军一路人马的阻拦，杀败了宋军以后捉住了一个军卒,通过问他我才知道圣上您前往白马关去了,这才直接赶到这里。”汉主听完以后心中感慨道:假如继业在军队中,怎么能让宋军如此横行呢。忽然汉主又想起另一件事,为什么辽国的二十万军队还没到呢?正在这时,一个军卒禀报说:“今天战败以后,我冒充宋军的官兵,混入宋军的营地。我听说宋朝的君主派遣大将郭进带领雄兵三万驻扎在白马岭阻截辽国的军队,耶律沙、敌烈率领二十万辽国军队刚渡过白马岭下的深涧,宋军就杀了过来,大多数辽军都掉进了深涧里,敌烈也被宋军杀死了。那时候耶律斜轸恰好在领兵巡逻,他赶过来支援,只救走了耶律沙等几十个人。”这个军卒刚说完,就有士兵禀告说潘仁美领兵前来讨战。令婆请命出战,她和潘仁美只战了一个回合就假装战败逃走,潘仁美不知道中计了,紧紧在后面追赶。令婆回身用弓箭射中了潘仁美的左腿,潘仁美落马,令婆回马要砍他的时候,潘仁美的部将洪先前来相救。和令婆战了三个回合以后,洪先被令婆砍了。洪后见兄长被杀十分恼怒,前来和令婆交战,也被令婆砍了。党进听说洪先兄弟被杀以后赶来支援,与令婆战了十几个回合以后,党进被令婆用绊马索绊倒了。令婆刚要上前捉拿党进时北汉军却突然鸣金收兵。令婆回城询问收兵的原因,原来是汉主看到宋军从四面八方杀到,他害怕令婆会有什么闪失,因此下令收兵。

太宗听说潘仁美中箭,洪先兄弟被杀,党进被绊倒险些被擒以后非常生气,于是督促三军攻城,又命令筑起长连城包围太原城。而在太原城中,汉主虽然仍能抵抗宋军的进攻，但是城中的粮饷即将断绝，外面又没有救兵，城中的人都非常害怕。太宗亲自督军作战，他见到城池破败，为了不伤害城中的军民，就派使者给汉主送去命其投降的手谕，但是北汉君臣拒绝放使者入城。太宗大怒，命令加紧攻城，太原危急。太宗再次写下手谕命汉主投降。当天夜里汉主命李勋把降书交给了太宗，太宗接受了汉主的投降。在受降仪式上，太宗封汉主为检校太师，右位上将军，彭城郡国公。汉主谢完恩，太宗又任命刘保勋做太原知府。

受降仪式完成以后，太宗问汉主为什么没看到名将何继业，汉主告诉太宗继业生病了，现在已经好了一些了，他仍然在太行山。太宗听说以后，马上下旨封继业为代州刺史，并命令汉主派一个心腹和使臣一同前往太行山。恰好令婆在军中，于是她随使者一起回到太行山。

到了太行山以后，令婆对使者说："我的丈夫性情十分刚烈，我先去把这件事告诉他，大人您请随后再来。"这时继业的病已经好了，他见令婆回来，就打听战况如何，令婆把汉主投降的事告诉了他。继业听说以后十分吃惊，接着令婆又把太宗封他做代州刺史的事告诉了他，继业听后大怒，要先杀死使者，然后再帮助汉主恢复疆土。令婆急忙上前抱住他，继业因为刚刚病愈，又听说汉主投降宋朝的消息，怒火攻心，旧病复发，又昏了过去。

使者回到太原以后把继业不肯投降，想要杀死使臣以及因为大怒旧病复发的事告诉了太宗，太宗听说后大加赞赏，又派党进前去宣召继业，并又加封继业为督同上将军。党进

令公宁死不降大宋

到太行山宣读了太宗的旨意，继业仍然不肯降宋。郭无为前来宣召，继业还是不降宋。后来，汉主又派出一个大臣来劝继业，来人对继业说如果他不听从汉主的劝告就是反臣。继业无奈，只得答应。他要求党进向宋主转达自己的三个要求：第一，以汉主的部下自居，不接受宋朝的官职。第二，只听从宋朝君主的调遣，不服从宣召。第三，斩杀自己的部下不用请旨。党进回到太原以后把这三件事告诉了太宗，太宗欣然接受了这些要求。于是继业命令自己的家兵收拾了辎重和党进前来拜见太宗。

太宗见令公仪表堂堂，意气昂扬，恰似猛虎一样，十分高兴，赐令公改姓杨。并当天安排下酒宴犒劳令公和令婆，他们的七个儿子和两个女儿一同出席了酒宴。酒喝到一半的时候，太宗说到了受先帝遗命到五台山进香的事，并提出让继业一同前往。刚开始，继业对太宗赐姓及赏赐酒宴的事并不在意，后来在酒宴中见到太宗对自己情深义重，不觉中已经是心悦诚服。他接受了太宗的邀请，愿意保驾前往五台山。太宗十分高兴，当天就命令党进、李汉琼、潘仁美率领大军向五台山方向进发。没过几天就经过太行山来到了五台山，太宗亲手进了香，并在寺中游玩了一遍。太宗觉得这座寺院非常雄伟壮观，询问之下才知道这座寺院是唐代武则天兴建的。太宗问众人天下还有没有比这更好的寺院，潘仁美说幽州的昊天寺更好，太宗决定前往幽州。八王爷认为幽州与辽国接壤，恐怕辽国出兵劫驾，他劝太宗及早回到汴京城。但是太宗没听从八王爷的建议。辽国的奸细贺君弼听说这一消息以后，告诉了辽国的萧太后，萧太后急忙派使臣联络五个番国的国王，准备一起围困大宋的君主。

太宗离开五台山来到宋辽的边界时，军兵禀报说辽国的军队杀过来了。渊平带领三千士兵前去迎敌，他和辽国的将领麻里庆忌交战了十多个回合，麻里庆忌大败而回。渊平收兵，保护圣驾进入幽州城。

第二天，太宗出城到昊天寺游玩，当天又回到幽州城中休息。晚上三更天的时候，辽军将幽州包围了。太宗后悔当初没有听从八王爷的劝告，杨继业奏请太宗派人前往雄州搬请救兵，里应外合，就能离开幽州。渊平请命前去雄州搬请魏直、杨雄。渊平从南门杀出，遇到土金秀、土金寅带兵拦住了去路，他和二人交战了几个回合，这两员辽将就败走了。渊平也不追赶他们，直接奔雄州而去。从雄州搬来了救兵以后，渊平又杀入城中把消息告诉了里面的宋军。这时，杨继业又奏请太宗，说他有一计能保太宗安全脱险。这个计策就是让杨四郎假扮太宗，从北城门出去假装投降。其他人保护圣驾从南门杀出去，这样才能真正脱险。太宗同意了他的请求。于是，令公命令六郎保护圣驾，五郎保护八王爷，二郎和三郎作为援兵支援各方，七郎担任先锋官。

第二天，令公保护圣驾出城，太宗首先派人把降书送给了萧太后，萧太后深信不疑，有人回报说幽州的北门大开，推出一辆逍遥车来，车上端坐着头戴冲天冠，身穿赭黄袍，盖着一把黄罗伞的宋朝君主。辽国的士兵都出来看宋朝的君主投降，却没想到令公父子保着圣驾从南门出去了。只剩下河东的三百敢死军在渊平的率领下保护四郎摆驾从北门出去诈降。渊平射死了接驾的天庆王，四郎则刺死了韩得让。然后，四郎跳上马带领着敢死军向南面冲杀。萧太后听说宋主诈降以后十分生气，催促军队向南追杀宋军。

这边令公父子保着太宗离开幽州城，途中虽遇到辽军的阻拦，但是有惊无险。太宗在众将的保护下进入高州城，辽军又把高州围住了，但是令公带着六郎、七郎打散辽军，然后父子三人进入城中。萧太后这边则大获全胜，辽国占领了幽州城，她与群臣商议把国都定在幽州立国。商量完毕以后，众将又问如何处置俘获的宋朝将官，萧太后想要杀了这些人，但是她见四郎神采超群，视死如归，心中十分喜爱，就决定把自己的女儿琼娥公主许配给他。四郎为了在日后给宋朝做内应，就答应了萧太后，并把自己的名字改为木易，以免说出真实姓名萧太后不容他。

太宗在杨家父子的保护下回到了汴京城，他在边殿召见了杨继业，对其进行安慰，又问是否有人知道渊平他们兄弟的下落。逃回来的军卒禀告说萧太后因为渊平射死了天庆王非常愤怒，她派重兵围追，渊平和三百河东敢死军全部遇难了。二郎延广被辽军射下马，被乱军踩死了。三郎延庆被短剑军砍死了。四郎延朗被辽军活捉了，不知道是生是死。而五郎延德下落不明。听到这些以后，太宗十分悲伤，他认为这都是自己的过错造成的。继业则说："蒙受皇上的盛恩，他们为保驾而死只是在尽臣子的义务，是应该的。"太宗决定封赏杨家父子，以告慰死者，表彰生者。这一天上朝的时候，太宗下旨封呼延赞为御禁太尉，沧州横海郡节度使。封杨令公为左领军卫大将军，归命无佞侯，三营总管中正军。封杨延昭为仓典使，迎州防御使，三千里界河南北招讨使。封杨延嗣为三关排阵使，潞州天党郡节度使。又因为渊平等人为了保驾而战死，追封渊平等人为侯爷，并建立庙宇对他们进行祭祀。因为六郎的名字犯了武功郡王的名讳，太宗赐六郎改名杨景。为了表彰六郎孤身一人救驾的功劳，太宗又把柴郡主许配给了六郎。最后，太宗下旨在金水河边的天波门外建一座无佞府给继业居住。赏赐给继业五百万金钱让他建立一座清风无佞滴水天波楼，用以表彰杨家将的功绩。太宗封赏完毕以后，继业回到无佞府安排家眷住下，然后赶赴雄州任职。

第三回

老奸贼挟私报复

令公血溅李陵碑

这一年辽国军队再次侵犯大宋的边境，辽军还妄图夺取汴京城。消息很快传到了汴京城，太宗皇帝大怒，他下旨让潘仁美任招讨使、统军大元帅，领兵征剿辽国。回到家中以后，潘仁美为没有合适的先锋官感到烦恼，他的儿子潘章献计说：“杨继业可以担任先锋官，这样不但能讨伐辽国，还能报当年被杨继业射伤的仇恨。”老贼听了儿子这番话心中十分高兴，第二天早朝的时候他向太宗皇帝奏请让杨继业父子做先锋，太宗皇帝准奏，派使臣前往雄州调遣杨继业父子。得知这个消息以后，寇准向八王爷禀告潘仁美可能利用这次征讨辽国的机会对杨继业进行报复，这样会耽误国家大事。听了寇准的话以后，八王爷入朝向太宗皇帝奏明了这件事。虽然在金殿上潘仁美表示不会进行报复，但太宗并不完全相信他的话。太宗又派呼延赞做接应使，监督潘杨两家，以防突发情况的出现。

潘仁美等人带领十万军队离开了汴京城，没过几天就来到了代州。在代州傅昭亮指引下，潘仁美领军在代州西北的乌鸦岭安营扎寨，营寨刚刚立好，辽国的韩延寿就领兵前来讨战。潘仁美大怒,亲自披甲上阵。他先让刘均期迎战韩延寿,只战了一个回合,刘均期就受了鞭伤腹痛逃回本阵。潘仁美又令贺怀出战,贺怀与韩延寿交战了二十个回合,被韩延寿用箭射伤以后败回本阵。潘仁美见两员战将都打了败仗以后,就亲自出战,他和韩延寿战了十个回合,自知不是韩延寿的对手,也败退回了本阵。

第二天升帐的时候潘仁美说:"这员战将本领很不一般,军中没人能战败他,应该怎么办呢?"王侁说:"这员战将只有先锋杨继业能够抵挡,其他人都不行。"潘仁美问道:"杨家父子为什么还没到?"刚说完,就有士兵报告说杨家父子求见。令公父子三人下马进帐拜见潘仁美,潘仁美怒气冲冲地说:"按照军规,没有按时到达的人应该被斩首。如今你作为先锋,更是罪加一等。今日违反了军规,应该以哪一种罪论处?"不容杨家父子解释迟到的原因,潘仁美就唤出刀斧手,命令将杨家父子三人推出辕门斩首示众。杨六郎忙向前禀告说:"辽国派出三路人马攻打三关,小将父子三人是在打退了辽国军队的进攻以后才来到这里,所以误了期限,希望太师能宽恕我们。"呼延赞也在一旁劝说:"请元帅暂时免了他们的罪,等到明日作战时让他们立功赎罪。"潘仁美只好听从呼延赞的劝告放了杨家父子三人,但他心中暗想:有呼延赞在军中监守很难谋害杨继业,于是又想出一条诡计。他对呼延赞谎称军中缺少弓箭等物品,命他到代州取这些东西。呼延赞领命前往代州。辞别潘仁美后老令公回到了自己的营寨。当天夜里,老令公仰观天象的时候大吃一惊,太白金星带着尾宿进入鬼宿之中，看到这样的情形，老令公心想：这就是我的劫数啊。

第二天，老令公向潘仁美请命，请他让杨六郎带兵埋伏在蔚、朔两城的交接处，由于彦嗣带领军队进行掳掠，这两个城的防守空虚，杨六郎可以截断接应这两个城的军队。他自己则带领军队从背后袭击这两座城，这样辽国的九个州就唾手可得了。老贼潘仁美认为令公这样做是在舍近求远，他拒绝了老令公的请求。这时，忽然有士兵报说辽国军队前来讨战。潘仁美命令老令公出战。老令公认为时机不利，不宜出战。并且辽国军队的士气正旺，应该避其锋芒，等到辽国士兵松懈下来以后再出兵交战，这样才能大获全胜。潘仁美却认为时机与战争的胜负没什么太大的关系，老令公这样说是因为他害怕和辽军交战，他命令老令公马上出马迎敌。老令公无奈之下只好领兵出寨迎敌。老令公心中明白，潘仁美一心想报当年被自己射伤的仇恨，自己的生死是小事，但潘仁美这样做却可能耽误国家大事。在阵前，老令公看到辽军的旗帜绣的是一只狼扑向一只羊。见到这样的情景，老令公流下了眼泪，这是一个不祥的预兆啊，羊入狼口必死无疑，恐怕这次自己要性命不保。杨六郎安慰父亲说："这只是一个巧合，您不要把这种小事放在心上。"辽军元帅耶律斜轸听说杨继业出战以后，命令萧挞懒在路上埋伏军队，同时派出土金秀进行交战。老令公令杨六郎与土金秀交战，两人大战四十回合以后，土金秀败逃，杨家父子领兵在后面追赶。

潘仁美本来就存心想害老令公，但是因为与杨令公约好由他在陈家谷埋下伏兵，因此假意与王侁等人在陈家谷列兵等候杨家父子。众人等了一上午也没有杨继业的消息，派人登高远望又看不见什么。因此潘仁美等人都认为是老令公战胜了辽军，想要和老令公争功，就一起离开陈家谷，沿着交河向南进军。当宋军行进了二十里路以后，潘仁美得到了老令公战败的消息，心中暗喜，不但不引兵前去支援，反而带领军队退回乌鸦岭。

杨令公与萧挞懒边战边退，退到陈家谷时，没有看到一个宋兵。令公抚胸大哭，骂道："老贼潘仁美，你这是想害死我呀！"辽国的韩延寿带领着军队蜂拥而来，杨家父子三人被团团包围。杨七郎请命去搬援兵，趁着辽军不备，七郎单枪匹马杀出重围，回到乌鸦岭报信。当时正是重阳节，潘仁美因为报复了杨家父子，心中十分得意，因此与众将饮酒作乐。杨七郎要见元帅潘仁美搬救兵，士兵不让七郎进帐。七郎大怒，拔出宝剑喝退士兵，闯入潘仁美的帅帐。潘仁美以杨七郎仗剑闯帐是越权为由命令刀斧手把他推出去斩首，在刘均期等人的劝说下，潘仁美饶了七郎。一计不成，老贼潘仁美又生二计，当天夜里，他命士兵将杨七郎灌醉，然后把他绑在大树上乱箭射死，仅胸口处就被射了七十二箭。七郎死后，潘仁美又令陈林、柴敢将尸体丢入桑干河内毁尸灭迹。第二天早晨两人抬着七郎的尸体来到河边，把尸体丢了下去，没想到尸体不仅没有沉下去，反而漂回了岸边。陈、柴二人大吃一惊，一齐说："真是不可思议了，英雄含冤而死，灵魂不散啊！杨七郎可是保驾的功臣，万一日后朝廷追究起来，我们可就成潘仁美的同谋了。咱们两个人不如装作抬着一个得了病的士兵混出雁门关，然后到南燕向八王爷禀告实情，只有这样我们才不会被牵连。”柴敢想了很久以后说：“这事不好办，首先雁门关不好通过，再者我们不是杨家人的亲人，很难为他们申诉冤情。”他刚说完就看见从北面跑过来一匹战马，两人抬眼望去，战马上端坐的是杨六郎。六郎问他们知不知道七郎回来搬救兵的事，两个人就把发生的事情如实地告诉了六郎。六郎听完以后放声大哭了起来，陈林对他说：“将军先不要哭，快回京城向皇上禀奏情况，我们两个人为你作证。”六郎说：“父亲还被困在陈家谷中，情况十分危急，我怎么能先回京城向皇上申诉冤情呢？我要是回营请求潘元帅派救兵一定会死在他手里，请你们回营去把呼延赞将军找出来，我要和他商议一下事情。”二人告诉六郎呼延赞到代州去取军器还没回来，六郎又对他们说：“既然还没回来，我就先去代州，在路上迎他。你们回到军营以后，不要说我回来搬请救兵的事。”说完以后辞别二人，上马奔向代州。陈林、柴敢把七郎的尸体埋起来以后回到军营，他们骗老贼潘仁美说已经把七郎的尸体沉入了河中。就在这个时候，有一个士兵向老贼禀报说杨六郎单人匹马回来了，但是不知道为什么他没有进军营，却直接骑马向南面走了。老贼问谁愿意去追杨六郎，陈林、柴敢二人请命前去追赶六郎。老贼派给他们三千士兵。先不说二人如何追赶六郎，说一下六郎的情况。告别陈、柴二人以后不久，六郎就在前往代州的路上遇见了呼延赞，六郎向他哭诉了冤情，呼延赞说：“先去救你的父亲，然后向朝廷禀明实情为七郎申冤报仇。”正在此时，陈林、柴敢二人带领着军兵来到了近前，他们向呼延赞禀报了老贼潘仁美的所作所为，并向六郎和呼延赞说明为了不使六郎被加害，他们主动接受老贼的命令假装带兵追赶六郎。就这样，两军合在一处前往陈家谷去解老令公的围。

再说说老令公这边的状况。他看到两个儿子闯出去搬救兵都没有消息以后，怕军兵们被饿死在谷中，只好带领士兵出战。正好遇上了土金秀，老令公与他交战了几个回合以后，土金秀假装战败逃走。老令公战晕了，认错了道路，以为土金秀逃跑的方向就是出路，就带领士兵一路追杀了过去，追着追着却突然看不见土金秀了。老令公抬头一看，自己来到了一个两山夹一沟的地方，这里树木茂密，山势险峻。老令公不知道这是什么地方，但是心里感到十分慌张，于是他派手下的军卒询问当地的百姓。不一会，军卒回报说这里是狼牙谷。老令公听说以后大吃一惊，人名犯了地名了，羊入狼口，必死无疑。他决定带领士兵杀出去，在砍死了数百名辽军士兵以后，老令公的坐骑因为疲惫不堪，已经不能再冲杀了，他只好带领士兵隐藏在树林中。辽国将领耶律奚底望着树林中老令公战袍的影子射了一箭，刚好射中了老令公的左臂。老令公大怒，再次杀出树林，辽国士兵被杀得四散奔逃。冲杀了一阵以后，老令公发现前面的山上有一座庙宇，就带领士兵们前去察看，原来是汉代将军李陵的庙。老令公感慨颇多，跳下马在庙宇的墙壁上题写了一首诗，抒发自己的感想：君是汉之将，我亦宋之臣。一般遭陷害，怨恨几时伸？题完诗以后，老令公命令士兵在李陵庙驻扎。耶律奚底吩咐辽军不要再和宋军交战，只要守在谷口困住他们就行，等到宋军饿死以后再前去割下他们的人头。老令公见辽军不再发动进攻以后，就决定绝食求死，但是绝食三天以后还没有死。于是，他对剩下的百余名士兵说："圣上对我恩宠有加，本来我想用保卫边境讨伐逆贼来报答圣上的知遇之恩，但是没想到被奸臣陷害，打了败仗，我还有什么脸活在世界上呢。但是你们都是有父母和妻子儿女的人，没有必要和我一起死，你们一定要杀出去向皇上说明我的忠心。"士兵们听完老令公的话都很感动，表示要与老令公同生共死。老令公心中暗想：救兵还没有到，辽兵又重重地包围了这里，这次是很难逃脱了。何况我一向以无敌将军自称，要是被辽军生擒活捉，我的一世英名就付诸东流了，不如现在自尽，这样还能保住自己的清白。打定主意以后，他向南面拜别了太宗皇帝，然后摘下紫金盔，头撞李陵碑而死，当时老令公已是五十九岁的年纪。宋朝的士兵见到老令公死了以后，奋勇杀出谷来，大多数士兵被辽军砍死了，只逃脱了两三个人。

当六郎和呼延赞领兵前往陈家谷时，在路上遇到了辽国的将军野龙，六郎向他打听老令公的下落。野龙回答说："你的父亲迷了路，被我们困在了狼牙谷。因为冲杀不出来，他已经头撞李陵碑死了，土金秀割了他的人头回幽州向娘娘报捷去了。我得到了你父亲的金刀，你敢夺回去吗？"六郎听完以后非常生气，催马直奔野龙，虽然野龙作战也很勇敢，但是只战了三个回合就被六郎杀死了。六郎下马拿起金刀以后痛哭了起来。呼延赞等人劝他说:“你现在就是哭死也没有用,快点进京城申诉冤屈吧。我们没有得到老贼的命令就帮助你前来救你的父亲,也不能回军营了,只能暂时落草为寇,等待你的消息,到时候为你做个证人。”说完以后,六郎与呼延赞等人分别,骑马前往京城。

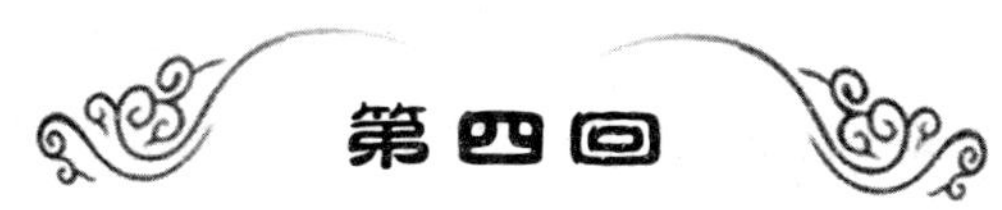

第四回

寇准智审潘杨案

八王巧计杀潘贼

六郎与呼延赞等人分手以后，为替父兄报仇，他单人单骑走出陈家谷赶往汴京城。在路上六郎遇到了辽国的将军黑塔，他和黑塔交战了几个回合以后，忽然从山后跑出一个骑马的人，那个人用斧子劈死了黑塔，杀散了辽兵。六郎仔细一看，这个人竟然是自己的五哥延德。原来在当年战败以后，为了躲避辽国军队，五郎削发为僧，隐藏在了五台山。前些天五郎听说辽宋在这里交兵，就想下山打探一下情况，正好遇见了六郎。六郎就把父亲以及弟弟遇害的事说了一遍，五郎听后大哭，他对六郎说自己要带五百僧兵杀入军营手刃老贼潘仁美，为父亲和弟弟报仇。六郎劝说他不要这样做，回京禀明皇上，由朝廷为父亲和弟弟申冤。说完以后，兄弟二人洒泪分别。

六郎辞别五哥以后继续赶路，走到黄河渡口时，他看见把守的人竟然是潘仁美的侄子潘璋。六郎急忙掉马就走，潘璋发现了他，在后面紧追不舍，幸好遇到郎千、郎万和他们的父亲，三个人帮助六郎渡过了黄河。原来当年郎千的母亲去世以后，因为家境贫穷，没法下葬，兄弟两人就到郡马府中偷东西，老令公抓住他们以后，很同情他们的遭遇，赠给他们银两，使兄弟俩顺利地安葬了母亲。今天，他们认出了六郎，因此才出手相救。当夜，六郎就留宿在了郎家，第二天又起身赶往汴京城。

六郎走到汴京城外因为饥饿下马去买东西，他听到市井中的人们三三两两地在说杨家父子造反了，潘元帅已经把事情通报给朝廷了，太宗大怒，要把杨家的人押到法场斩首示众，在八王爷的劝说下暂时把杨家人押到天牢里。太宗决定先派人到边关访查实情，如果发现杨家父子真的造反了再杀杨家的人。六郎听到这个消息心里非常难过，父亲战死在狼牙谷，母亲又被押在天牢中，自己有家却难回。于是六郎只好偷偷潜进汴京城，因为不能回无佞府，只能在酒馆中住下。这一天，六郎心中苦闷，一边散步一边吟诗，恰好遇到一个人也在闲游赋诗。六郎见这个人一身的儒生打扮，上前一问才知道这个人姓王名钦，字招吉，是雄州人。实际上这个人是辽国的奸细，真名是贺驴儿。萧太后为了夺取中原的江山，她派出贺驴儿到宋朝君主的身旁卧底，这样就能及时准确地掌握宋朝的情况，方便辽国采取相应的对策。王钦询问六郎的情况，六郎毫不隐讳，把事情和盘托出，并说自己正在因为不能为父亲和弟弟写出一份申诉冤情的上书而苦恼。王钦正愁没有机会和朝廷里的人搭上关系，因此主动提出为六郎写上书。六郎十分感激，他把王钦请到自己的住处，打来了好酒招待王钦。根据六郎的陈述，王钦写了一份上书。六郎再次表示感谢，并要王钦说出他的住处以便日后去拜谢。送走了王钦以后，六郎准备去告御状。

六郎走到午门时遇到下朝回府的寿王，六郎心中暗想：如今皇上已经被谗言蒙骗，不如请寿王代为禀奏，这样皇上更容易分辨真假。于是，他走上前拦住车驾并大声喊冤，寿王见是杨六郎，就命令手下把他带回府中问话。回到府中以后，寿王问："潘仁美说你们父子三人已经造反了，这是不是真的？"六郎回答："臣今天正是为这件事而来的。"说完以后他把上书递给寿王。寿王打开上书，只见上面写着：迎州防御使臣杨景向圣上禀奏潘仁美为公报私仇，陷害杨家父子，致使全军覆没，还无中生有编造杨家谋反，耽误国家大事并且欺君罔上。臣父子三人自从降了朝廷以后，就誓死效忠皇上，无奈潘仁美与王侁等人对当年各为其主时结下的仇恨不能释怀，在臣父子带领兵马与辽军在狼牙谷交战时，招讨潘仁美坐山观虎斗，不派一兵一卒支援我们。等到臣父子三人领兵败回陈家谷的时候，我们已经是筋疲力尽，辽国的军队又蜂拥而至，因此全军覆没。臣的父亲因为粮食断绝头撞李陵碑而死。臣的弟弟七郎回去搬救兵，被潘仁美谋害，遭万箭穿身而死。臣的父亲和弟弟为国捐躯，潘仁美却反咬一口，诬陷臣父子造反。希望皇上能够明辨是非，使臣的父亲和弟弟在九泉之下能够瞑目。某年某月某日，臣杨景冒死进谏。

寿王看完上书以后，觉得上书的文笔很好。他问六郎上书是哪个人写的。六郎回禀说是一个名叫王钦的雄州人代写的。寿王命人把王钦从住处请了过来，他问了王钦几个问题,王钦对答如流。寿王很高兴,他告诉六郎赶快到金殿外击鼓见太宗。六郎拜别了寿王以后,来到金殿外击鼓,被守卫的人捉住了,他们带六郎去见太宗,六郎把上书献给了太宗。

太宗看完了六郎的上书以后非常生气,他说:"这个欺君的奸贼,他竟然诬陷杨家父子造反了,谁能到边关把这个奸贼捉回来问罪?"殿前太尉党进奏请说:"臣愿意到边关去捉拿潘元帅。"八王又上奏说:"元帅一职非常重要,在党进把潘仁美捉拿回来以前,必须任命其他人代替潘仁美。臣推举杨静担任元帅之职。"于是,太宗降旨命令杨静代替潘仁美。杨静向太宗奏请说:"如果潘仁美违抗旨意,不肯交出帅印该怎么办?"党进说:"到时候我们这样做,自然就能得到帅印了。"太宗听了党进的主意以后十分高兴。

党进、杨静二人拜别太宗以后出了汴京城,等来到雁门关以后,党进让杨静在外面等候,他先到军营去见潘仁美。党进一个人骑马进入了军营,当时潘仁美正在和刘贺等人议事,忽然有人报告说朝廷派来了使臣。潘仁美等人慌忙把党进接到大帐中,见完礼以后,大家坐了下来,党进说:"前些日子太师向皇上禀奏说杨家父子造反了,皇上把杨家满门都抓到天牢里押了起来,等太师回到京城的时候就把杨家满门杀了。没想到有人到汴京城向皇上告御状,这个人向皇上禀奏太师与萧太后结好,为了陷害杨家父子,故意不肯派救兵。他又说太师已经把自己的帅印交给了萧太后。皇上很生气,马上下诏宣太师回到京城与奸细对质,我向皇上禀奏'不如让臣先到边关查看一下，如果太师的帅印还在就说明这是诬陷，就不用把太师召回京城了。现在请太师把帅印拿给我看看吧。”潘仁美觉得有道理，就把帅印拿了出来递给党进观看。党进把帅印拿到手以后说道：“跪下听旨。”诏书的内容是：朕委任杨静为元帅镇守边关，并派党进捉拿潘仁美、刘、贺、王等人到太原监禁，听候朕的旨意。如果有人敢违抗圣命，就地斩首。党进宣读完圣旨以后，潘仁美问：“我犯了什么罪，凭什么要把我抓起来？”

党进愤怒地说：“做过什么事情你自己心里最清楚，还装什么糊涂，参奏你的人正是杨郡马。”潘仁美说：“他们父子反了朝廷，现在却来诬陷我们这些人。”党进打断了他的话：“你到京城去和杨郡马分辩吧，在这里说没用。”正在此时，有一个小卒报告说新元帅到了。众人把杨静接进了军营中，参拜完毕以后，党进把帅印交给了杨静。杨静接了帅印以后，问呼延赞去哪里了。潘仁美说：“自从杨家父子造反以后，呼延赞就下落不明了。”党进建议先把潘仁美等人犯锁上押解到太原，先不用追问呼延赞的下落。就这样杨静下令左右把潘仁美等人锁上，交给党进押往太原。没过几天，潘仁美等人就被押到了太原，太原的府判黄进按照圣旨的意思把潘仁美等人分别关押起来。潘仁美被送到了皈依寺，刘、贺二人被送到了太医院，而王侁则被送到了申明阁。安排完毕以后，党进回京去交旨，潘仁美也悄悄派人进京请求潘妃向太宗求情。

当天潘仁美在寺中闲游，他偶然看见雪云长老带着僧人

潘仁美被骗交出帅印

出了寺院,并且出去了半天才回来。潘仁美询问长老才知道,原来他们去迎接新任的知府大人。一打听知府的姓名,竟然是寇准。潘仁美大惊,问道:“他怎么被贬到这里了?”雪云长老说因为寇大人惹怒了朝廷,所以被贬到这里。老贼潘仁美心中暗想:这老小子是我昔日的同僚,我摆下酒宴把他请来叙叙旧情,顺便打听一下朝中的事情,这不是很好嘛。于是,第二天潘仁美在寺中准备了酒宴,并让雪云长老去请寇准。雪云长老拿着请柬来到寇准的府中,跪下向寇准禀报说太师请知府老爷去喝酒。寇准大怒,说道:“你不知道我来到这里就是为了要审问老贼的事情吗?你好大的胆子,竟然敢代替老贼请我去喝酒。”他命令左右把雪云长老拿下,重打四十棍。雪云长老求饶说:“我不知道实情,因为府判老爷吩咐我好好照顾潘太师,所以我才来送请帖。”寇准说:“既然你不知道实情,就饶了你这一次。我有一件事需要你帮忙,你要秘密地帮我完成。要是走漏了半点风声我就活活打死你这个老秃驴,你要如此这般行事。”

雪云长老领命回到寺中,他告诉潘仁美寇准随后就到寺中。刚说完,就有人禀告说寇大人到了。潘仁美亲自出寺把寇准迎接到法堂。喝了几杯酒以后,潘仁美问道:“杨景这个家伙在皇上那里告我陷害了他们父子,有这样的事吗?”寇准说:“确实有这样的事,幸好有潘娘娘极力保奏太师,但是八王爷极力帮助杨景上奏,因此皇上才把太师安置在这里。下官也保奏太师,于是八王爷弹劾我是您的同党,皇上准了八王爷的请求,把下官贬到这里来了。下官认为皇上听从了潘娘娘的意思,日后太师是不会有什么重罪的。但是下官这里有一件事,恨太师做得不周全。”潘仁美心想:我和你是往日的同僚,我没得罪过你呀,怎么会有怨恨呢?寇准似乎看透了潘仁美的心思,他接着说:“不恨别的事,恨太师为什么不杀掉杨景,斩草除根,这样就不会有今天的祸患了。要是杨家父子死光了,还会有人前来申诉冤情吗?”潘仁美说:“丞相说得对极了,当时我也派人去抓他了,但不知道他是怎么逃脱的,居然还回到京城了。”寇准又说:“下官听说太师设计得非常精妙,这里没有外人,你不妨对我说说。”潘仁美没有防备寇准是在套他的口供,加上他又喝醉了,因此他就得意扬扬地把当日他如何强逼着令公出兵,令公要他在陈家谷埋伏弓箭手,他却不派一兵一卒,等到令公杀败回来时,见不到伏兵,于是走进狼牙谷,撞死在李陵碑上以及当七郎回来搬救兵时,又把七郎灌醉,然后让士兵把他乱箭射死的事情通通说了一遍。寇准大怒,说道:“你这个老贼,陷害忠良,欺君误国,罪该万死。”他命令左右把潘仁美拿下,让他供出实情。潘仁美大喊:“你这老小子发什么酒疯,你叫我供认什么呀?”他刚说完,雪云长老就从窗外走了进来,把记下来的口供交给了寇准。原来,雪云长老按照寇准的吩咐躲在窗外把潘仁美刚才说的一切都记了下来。潘仁美慨叹,没想到自己被寇准骗去了口供。虽然如此,潘仁美仍然不承认,他对寇准说:“我喝醉了酒,在胡言乱语,这怎么能作为供状呢,何况你是一个被贬的知府,你有什么权力审问我?”见老贼如此猖狂,寇准拿出皇上命他主审潘杨案的圣旨当众宣读。然后他又叫出了六郎，让六郎和潘仁美当场对质，潘仁美仍不认账，继续诬陷是杨家要造反。无奈之下，寇准先把老贼囚在知府衙门内的监牢中。

第二天，寇准在知府衙门升堂，他吩咐衙役把潘仁美从狱中提出，捆绑以后带到堂上。他又命令手下人去请王、刘、贺等人，对他们谎称寇知府摆下了酒宴，潘太师已经先到了，正在等他们。三人跟着差人来到堂上，见到潘仁美被绑在那里非常吃惊，寇准又把圣旨宣读了一遍，并对三个人说希望他们能说出实情，免受皮肉之苦。老贼潘仁美再次要求与杨景对质，他仍然一口咬定是杨家要造反，还找出十几个士兵为自己做假证。寇准大怒，吩咐手下把这十几个人各打五十大板。老贼说起证人以后提醒了六郎，他想起了陈林、柴敢曾奉老贼的命令处理七郎的尸体，如果找到这两个人和七郎的尸体，到时候老贼就无话可说了。

六郎把这件事告诉了寇准，寇准听完以后先把潘仁美囚禁了起来，然后派人到乌鸦岭军营中寻找这两个人，但是二人并不在军营中。于是，寇准张贴了一张榜文，上面说能找到七郎尸体的人将获得黄金百两。呼延赞、陈林、柴敢听说寇准审问潘仁美，要寻找七郎的尸体做证的消息以后揭了榜文，他们带领着寇准和他的差人去找七郎的尸体，到原来埋尸的地方却找不到尸体了。原来老贼潘仁美听说要寻找尸体，派人把尸体移到了别处。后来，寇准等人在一个青面人的指引下找到了七郎的尸体。见到七郎的惨状，寇准流下了眼泪。验完尸体以后寇准再次审问潘仁美，老贼这次承认了，但是他却说王侁是这件事的主谋,寇准当堂斩了王侁。就在寇准要以捏造罪名、陷害忠良、欺君罔上的罪名斩杀潘仁美时,太宗的圣旨到了,圣旨要寇准把潘仁美押回京城定罪。六郎心想:回到京城以后老贼一定会受到庇护,到时候我们家的冤情就难以昭雪了。寇准却认为即使太宗可以赦免潘仁美的其他罪过,但是决不能饶恕他欺君的罪名。到了京城以后,果然不出六郎所料,太宗看在潘妃的分上,对潘仁美等人判得很轻,只是废除了他们的官职,各打一百棍,发配到雷州。为了安慰杨家人,太宗追封了令公和七郎。呼延赞、六郎因私离军队也受到了处罚,呼延赞降三级,六郎到郑州服役一年。

六郎对这样的判决很不满,他向八王爷哭诉了这件事。八王爷把六郎请到府中进行商议,刚刚坐下,就有人禀报说潘妃求见,八王爷让六郎躲到了后堂。原来潘妃是来求八王爷的,她请求八王爷让皇上把潘仁美留在京城,八王爷答应了她。等潘妃走了以后,八王爷告诉六郎如此这般做就能报仇了。八王爷向太宗上奏说自己晚上梦见了不祥的东西,这预示着自己最近可能要有什么灾祸,因此请太宗赐给他独角赦,以防万一。太宗答应了他的请求,八王爷谢完恩后走了。忽然,太宗的近臣禀告说杨六郎把潘仁美等三人杀了,太宗大怒,要杀六郎,八王爷拿出独角赦请求赦免六郎。太宗忽然明白了,杀死潘仁美原来是八王爷设下的计策。看在往日的功劳上,太宗饶恕了六郎。六郎谢恩以后到郑州服劳役去了。

第五回

兄妹晋阳显神通　六郎镇守佳山寨

太宗皇帝登基以后并没有立皇储,七王因太宗不立自己为太子而感到很忧虑,他想太宗可能是要依照立长的传统把皇位传给八王爷。七王把这件事告诉了王钦,王钦这个奸贼劝说七王及早下手除掉八王爷,他献上了一条毒计:找一个做工精巧的银匠打造一把鸳鸯壶,一边装好酒,一边藏着毒药,把八王爷请到府中,用毒酒毒死他,对随从的人说他是中风而死的。七王同意了他的建议,在城西找到了一个胡银匠,打造了一把鸳鸯壶。完事以后,心肠狠毒的王钦又命人把胡银匠灌醉了以后埋在王府的后花园中灭口。一切准备完毕以后,七王写了一封信邀请八王爷前来赏花。八王爷准时来到了七王的府中,兄弟俩说了一阵话以后,七王的侍者给八王爷倒了一杯药酒,由于八王爷得病以后还没有完全好,因此闻到药酒以后忙用衣袖遮住了鼻子。忽然刮了一阵大风,吹倒了八王爷的杯子,酒洒到地上以后顿时红光迸起,周围的人都因为害怕而颤抖了起来。八王爷起身辞别了七王回府去了。七王见计谋没有得逞，又怕被八王爷觉察到，因此十分懊悔。王钦劝说他不用担心，八王爷不知道内情，是不会追究的，至于争夺皇位的事可以再想其他的办法。

先不说七王如何谋取皇位，却说这一天太宗忽然得了病，病情很严重。八王爷和寇准等大臣来到寝宫内向太宗问安，太宗决定按照立长的传统把皇位传给八王爷，八王爷坚决不接受，他请求太宗把皇位传给太子，即七王。寇准等大臣也同意八王爷的意见，于是，太宗决定把皇位传给七王。太宗赐给八王爷十二道铁券免死牌，要他好好辅佐七王，对奸臣贼子决不姑息，一律用御赐的金锏打死。杨六郎忠勇可嘉，日后应当重用。八王爷跪拜接受了太宗的旨意。不一会，太宗就驾崩了，当时太宗皇帝五十九岁，他在位二十多年。众位文武大臣遵照太宗的遗旨以七王为新皇帝，他就是真宗。群臣朝贺完毕以后，真宗下旨尊称自己的母亲为李太后，他封王钦为东厅枢密使，谢金吾为东厅枢密副使，八王爷为诚意王。其余的文武官员各有不同的升迁。从此以后，朝廷的军政决策大权落在了王钦一个人的手中。

这一天，八王爷下朝回府，有一个人大喊冤枉拦住了八王爷的车驾。原来这个人是胡银匠的儿子，他告诉八王爷，当今的皇帝为了谋害八王，让自己的父亲打造了鸳鸯壶，事后王钦又杀了自己的父亲灭口。八王爷忽然想起当天红光迸起的情景，心想：王钦果然在酒里面做了手脚，好狠毒的心肠啊！他命令手下人给了胡银匠的儿子一锭银子，接下了他的诉状，然后返回偏殿。八王爷向真宗询问这件事，王钦不仅不承认，还说胡银匠的儿子诽谤天子。八王爷一怒之下，用金锏打坏了王钦的鼻子。王钦为此怀恨在心，想要报复。回到自己的府中以后王钦给辽国的萧太后写了一封信，告知她宋朝刚立新君，朝内空虚，可以趁这个机会发兵讨伐中原。萧太后与群臣商量以后决定为了探听宋军的虚实，先约期与宋朝将领比试，如果宋军的将领能够胜过辽国的将领，就以后再发兵，否则就马上发兵进攻中原。商量完毕，萧太后写了一封信约定日期与真宗在晋阳会猎，然后派使者把这封信送到汴京城。

真宗看完了辽国的书信以后，又让群臣看了一遍。寇准认为辽国是一个好战的国家，他们写来书信约定日期会猎一定是要比试刀箭，他请求真宗选拔有能力的人和辽国的将领比试，借此打消他们觊觎中原领土的野心。真宗说："朕看朝中没有什么良将，只有杨郡马一个人本领高强，如今他还在郑州，也不知道他能不能胜任。"寇准奏请真宗派人把六郎从郑州调回京城，真宗答应了他的请求，派使臣前往郑州去征调六郎。

使臣到了郑州以后，郑州的太守说杨郡马的期限已满，已经回到京城很多天了。使臣回京向真宗禀告了这件事，真宗马上派人到无佞府去征召六郎。使臣到无佞府宣读了圣旨，太君接旨以后说自从六郎去了郑州以后就没有任何音讯了。使臣又把太君的话转告了真宗，真宗听了以后闷闷不乐。他宣八王爷觐见，把杨六郎已经回到了无佞府却隐匿不出的事告诉了八王爷，八王爷决定亲自去无佞府打探消息。八王爷来到无佞府向太君和柴郡主询问六郎的情况，太君回答说："我的儿子在郑州，没有任何关于他的消息，今天殿下亲自来到府中，老身怎么敢隐瞒呢？"八王爷说："新天子刚登基就下诏征召六郎，说明皇上想要重用他。六郎正好可以借这个机会展示一下自己的才能。"柴郡主请八王爷宽限几天，自己会派人到郑州去找六郎。八王爷禀告真宗没找到六郎，真宗感到很忧愁。

晋阳的守将上奏说辽国的军队劫掠财物，杀害百姓，十分猖獗，请求朝廷早日派兵到边境进行防御。真宗看完奏章以后问谁能打退辽兵。寇准禀奏说："贾能武艺精湛，能够打退辽军。"真宗下旨封寇准担任辽宋会猎的使臣，贾能为副使，带领三万军队前往晋阳同辽军会猎。寇准等人接旨以后，带领军队向着河东的方向进军。太君听说寇准、贾能等人带兵去和辽军会猎了，她对六郎说："贾能算什么东西，他有本事打退辽军吗？你应该马上到边关去和辽军会战。六郎说："我也有这个想法，只是没有人同行。"八姐和九妹提出她们可以打扮成随从的军卒和六郎一起前往边境。就这样，六郎辞别母亲，带领两个妹妹一同前往晋阳。

先不说六郎兄妹如何在路上奔波，这边辽国的土金秀把军队驻扎在河东的境内以后，屡屡骚扰宋朝的百姓。这一天，忽然有人报宋军到了，土金秀马上与麻哩招吉等人商议，土金秀说："如今杨家将快死光了，剩下的人谁还敢和我们比试。虽然如此，我们还是要竭尽全力，不能损坏大辽的威名。”第二天，土金秀命令立起靶子，摆好阵势等待宋军。过了一会，只见南面旌旗遮天蔽日而来，是宋军到了。宋军在南面排开了队伍，辽国的军队在北面摆下了阵势，中间是全副披挂的土金秀，他的左边是麻哩庆吉，右边是麻哩招吉。双方对了一阵话以后，就开始比武。贾能拍马舞枪冲到阵前与麻哩招吉比试，两边金鼓齐鸣，双方交战了十个回合不分胜负，麻哩招吉假装败走，贾能在后面紧追，招吉突然回头，一枪刺中了贾能，贾能落马。招吉趁机冲到了宋军的阵前，这时候一员骑着青骢马的宋朝女将风驰电掣般地赶到阵前，招吉与女将交战了三个回合，就被女将用红绒套索绊落马下活擒。寇准大喜，问女将的姓名，女将回答说：“我是杨令公的长女杨八姐。”寇准赞叹说：“将门的女子也是上将军啊。”他命人记下八姐的名字和功劳。土金秀见招吉被擒以后，十分生气，想要出马交战。还没等他出阵，麻哩庆吉已经拍马直奔宋军杀了过去，宋将赵文彦马上拿刀迎住了他，打了两个回合以后，赵文彦不是麻哩庆吉的对手，败了回去。庆吉追了过去，宋军的队伍中又出来了一员女将，她舞刀迎住了庆吉。战了几个回合以后，这员女将把庆吉砍于马下，然后提着他的头来见寇准。寇准一问才知道这员女将是杨令公的次女杨九妹。他命令手下的人把九妹的功劳也记下来，心中暗想：大宋朝能有这么多英勇善战的将士，真是皇上的洪福啊。

土金秀看到庆吉被砍了以后大怒,他要与宋军的大将比试射箭。杨文虎出马和他进行比试,土金秀张弓搭箭,骑马射了三箭,都射中了红心。杨文虎同样射了三箭,只有一箭射中了红心。杨文虎又提出与土金秀比试枪法,没战几个回合,文虎就被土金秀刺伤逃回了本阵。土金秀冲了过来,六郎看见以后迎了上去,土金秀见自己不是六郎的对手以后,要求和六郎比试射箭。六郎不以为然,他从马的后胯上取下了硬弓,骑马连射了三箭,都射中了红心。两国的士兵都发出了一片赞叹之声,六郎又把自己的硬弓交给土金秀,让他也射一下。土金秀接过弓以后,无论怎么用力都拉不开。他心中暗想:这个人真是神力啊！于是掉转马头想要回到自己的队伍中,这时寇准走出队伍,他对土金秀说:“今天把擒获的将军交还给你们,回去告诉你们的太后今后不能再滋事骚扰边境,如果还敢这么做,就绝不会再饶恕你们了。”说完以后,寇准命令手下剥光招吉的衣服,让他赤身裸体回到辽军的队伍。土金秀满脸羞愧,带领军队回辽国去了。

六郎回到军中拜见寇准,寇准说:“假如杨郡马今天没有来,我们这些人就要血染沙场了。郡马回朝见皇上的时候,老夫一定保奏皇上封你重要的官职。”六郎谢过了寇准。寇准带领众人拔营起寨回到汴京城,并把比武的经过奏报给了真宗。真宗召见了六郎,对他进行慰劳,并封六郎为高州节度使。六郎谢恩以后,辞去高州节度使一职,请求真宗让他担任佳山寨的巡检。真宗问六郎为什么要这样做,六郎回答了三点原因：第一，自己只是一个流徒，私自到边关立了这么一点功劳，不应获得这么高的官爵；第二，佳山寨离幽州很近，可以在方便的时候从那里直捣辽国的老巢，从而收复国土；第三，可以收服那里的一些草寇，使他们改邪归正，为国家所用，同时也为边境的人民除去了祸害。真宗听完以后说："卿家忧国忧民，真是忠臣啊。"于是准许了六郎的要求，同时命令王钦调拨五千人马让六郎带领到佳山寨去镇守边关。

王钦领旨以后来到了兵部，他把那些老弱病残不能到战场上厮杀的士兵都拨给了六郎。随行的士兵中有一个人名叫岳胜，是济州人，他长得眉清目秀，面若涂脂，手持一把大刀，有万夫不当之勇。岳胜见王钦只把一些老弱病残之兵分派给六郎，心中暗想：留在这里很难有立功的机会，还不如和杨郡马一起到佳山寨去，这样更容易得到提升。想到这里，他想到了一个妙计，把姜黄水擦在脸上，这样自己看起来就是一个病人，王钦一定会把自己拨给杨郡马。果然不出岳胜所料，王钦看到他脸色发黄，以为他是一个病号，就把他派给了六郎。

六郎看到这些士兵以后非常生气，他说："佳山是边关重地，这些没有用的士兵怎么能镇守得住呢？"岳胜听六郎说士兵无用，就来到军前要和他比试一下。六郎答应了岳胜的要求，两个人斗了十几个回合，六郎见岳胜刀法精湛，心中暗想：一定要用计捉住他，使他服了我。因此，六郎假装战败，拨马而走，岳胜在后面追了过来，忽然六郎马失前蹄，从马上摔了下来。岳胜举起刀刚要砍，这时从六郎的头上冒出一只白额猛虎，张牙舞爪地去吞岳胜。吓得岳胜跳下马去扶六郎，并向他赔罪。六郎向岳胜许诺，只要他竭力帮助自己守卫佳山寨，日后自己一定会向朝廷奏明这件事，他一定会被委以官职。岳胜谢过了六郎。

得到了岳胜这样的部下，六郎非常高兴。他回到无佞府向太君告别。太君认为六郎接受巡检这个职务使老令公蒙羞了。六郎解释说佳山寨离辽国最近，在那里最容易立功，在别的地方就不行了。职位大小并不重要，只要有机会立功就行。太君听完以后摆下酒宴为他饯行，喝完酒以后，六郎带领着军队前往佳山寨。当时正好是二月，路上的风景非常好。几天以后，六郎他们就到了佳山寨。原来的守军把他们接入了大厅之中，参拜完毕以后，六郎对这些人说："辽国人屡次骚扰边境，这里的情况尤为严重，因此天子派我到这里来进行镇守。你们一定要严格遵守我的命令，否则就要按军法惩治。"众人听完以后连连称是。

第二天，岳胜出去游玩，看见远处有一座树木茂密的高山，他不知道山的名字，就向原来的守军打听。守军回答说："提起那座山，能吓破人的胆子。转过那座山，就是胡村涧，再往前走一两里路，挨着山脚的地方有一个可乐洞。洞里面住着一个叫孟良的山大王，他是邓州人。这个人力大无穷，没有人敢和他为敌。孟良聚集了数百强盗，靠劫掠为生，官兵也不敢去征讨。”岳胜听完以后回到了山寨，他把这件事告诉了六郎。六郎告诉他自己早就知道这个人了，如果孟良能够归顺朝廷，一定能壮大宋军的军威。听完六郎的话，岳胜决定亲自去打探一下情况。六郎嘱咐他要小心。

当岳胜来到可乐洞时，孟良的手下刘超、张盖等人正在和喽兵们赌博，他们见岳胜走了进来，以为是官军来抄山灭寨，所以各自逃跑了。岳胜杀死了几个喽兵，他心想：得留下字迹，让孟良知道是谁做的，才能把他引到山下来，然后再设法捉住他。于是，岳胜沾着血在洞壁上写下了一首诗：喽啰剑下亡，寄语休悲伤。若问人何是，佳山杨六郎。题完以后，岳胜骑马回到了佳山寨。

第六回

六郎用计收孟良

孟良盗骨拐良驹

孟良在岳胜杀完人以后回到了洞中，他看到喽兵被杀，就问是谁干的。众人对他说是一个勇猛的壮士干的，大家都以为是官兵来抓人，因此各自逃跑，这才让他进到洞里杀死了这么多人。他用血在墙壁上写下字，只要大王看看就知道是谁了。孟良看完题诗以后，大声说道：“原来是杨景这个家伙，杀死了我这么多部下，还敢这么大胆地题下诗。不报这个仇，我誓不为人。”不说孟良这边如何召集队伍下山报仇，再说说岳胜。回到佳山寨以后，他把杀死喽兵和题诗的事告诉了六郎。六郎料想孟良看到喽兵被杀一定会下山寻仇，因此他命令岳胜等人做好迎敌的准备。刚吩咐完，就听到寨子的外面响起了呐喊声，六郎和岳胜来到寨子外面一看，原来是孟良。只见他生得浓眉大眼，面色血红，相貌非常威武。六郎对他说：“看你的外貌就知道你不是一般人，你为什么要抛弃道义，心甘情愿地做一个贼呢？听我的话，不如你归顺了朝廷，还能立功扬美名，流芳千载，这比落草为寇要好几万倍。”孟良说：“按照你的说法，封官拜爵是一件很光荣的事情，但是要我说，当官不是什么好事。你们父子投降了宋朝，却像禽兽一样身首异处，不得好死，这就是做官的好处吗？我住在这座山中，手握生杀大权，是多么的自由啊！先把这些废话放在一边。我问你，我和你往日无冤近日无仇，为什么你要杀我的部下？”说完以后，孟良抡起大斧直奔六郎而来，六郎挺枪与他交战，二人战了十个回合没分出胜负，六郎假装打不过他败走了，孟良在后面拍马紧追，岳胜则在后面高喊不要跑。突然，六郎回头一箭射中了孟良的马，孟良被掀落到了地上，官军把他捆绑以后带回到寨中。

孟良因为六郎用计胜了他，因此表示不服。他要求回去重新召集队伍，凭真本领与六郎大战一次，如果自己再输了就投降。六郎答应了孟良，并且马上放了他。岳胜认为孟良是一个惯匪，总是危害百姓，既然抓住了他，能劝降就劝降，如果他不投降就应该杀了他为民除害，但是无论如何都不能放了他。六郎劝岳胜说：“孟良是个英雄，我很喜欢他，我要把他收为部下。而要降伏孟良这样的人，首先要收服他的心。”六郎又说：“孟良是一个有勇无谋的人，明天再战的时候我还有办法抓住他。”在这座山南面五里的地方有一处深谷，悬崖峭壁，十分陡峭，并且只有一个出口，只要把出口堵住，任何人进去以后都出不来。利用熟悉地形的优势，六郎想出了这样一条妙计：岳胜带领一千骑兵埋伏在谷口，自己则带领一千军兵与孟良交战，先把他从山的左边引进去，然后自己再领兵从山的右边走出来。等自己的军队出来以后，岳胜就堵住谷口不放孟良出来。到时候自然有办法活捉他。六郎又吩咐六七个健壮的士兵装扮成砍柴的樵夫等在悬崖的顶上，如果孟良问路，他们就如此如此应付他。士兵们按照六郎的吩咐去准备了。

六郎吩咐完以后，有人禀报孟良在外面讨敌要战。六郎骑马来到阵前，他对孟良说："如果这次再抓住你，就不会那么容易地放你走了。"孟良认为六郎是在说大话，他不以为然，舞动手中的大斧砍向六郎，战了几个回合以后，六郎再次假装战败，径直朝着山南的方向跑了下去。孟良大喊："难道你又想用暗箭来算计我吗？"六郎不理他，直接走到谷中，孟良也赶到了谷中。六郎又掉转马头从山的右边走了出去，孟良也从山的右边追了出来，却没想到岳胜突然杀出来堵住了谷口。孟良大吃一惊，心想：我又中计了。于是他又回到谷中，只见四处都是悬崖峭壁，并没有别的出口。孟良隐约听见几个樵夫在峭壁的顶端唱歌，于是他大声喊道："我被杨景这个家伙骗到谷底了，如果你们把我救出去，我会多给你们银两表示谢意。"樵夫把一条麻绳垂了下来，并对他说："我们要是救了大王，大王你可不要失信，一定要把金银给我们。"孟良表示一定信守诺言，绝不会失信。樵夫要他把绳子系在腰间，孟良扎好绳子以后，樵夫们开始往上拉他，可是拉到一半的时候，却停了下来，孟良问是什么原因，樵夫们回答孟良太重了，还得再找几个人来帮忙。就在这个时候，六郎和岳胜等人走了上来，六郎问道："今天在这里明明白白地抓到了你，你服不服？"孟良表示还是不服，还要与六郎再战一次，如果再败了，就诚心归顺。六郎答应了他的要求，命令军兵把孟良拉上来放了。

当天夜里，孟良派探子去查看佳山寨的动静，将近二更天的时候探子回来报告说佳山寨中的军兵都睡觉了，静悄悄的没有任何防备。六郎一个人正在帐中读书呢。孟良心中暗喜：这下可以一雪前两次被抓的耻辱了。他带领着喽兵悄悄地来到佳山寨，果然看见六郎一个人在帐中读书，周围一个人都没有，看来官军没有任何防备。孟良举起斧子，拍马走到帐前，大喝一声，冲了过去，却没想到连人带马一起掉进了陷坑。守候在帐外的军兵一齐涌了出来，用套索套住了孟良，捆绑以后把他拉了上来。孟良带领的三千喽兵被官军包围了，孟良掉到陷坑被擒以后，这些人因为群龙无首，就全部都投降了。原来，六郎早就料想孟良两次被擒后，必然会在夜间偷袭营寨。因此，回到寨中以后，六郎吩咐军兵在自己的帐前挖了一个深坑，在上面放上了木板，然后用土盖好。他又命令士兵在远处埋伏，只留几十个健壮的士兵埋伏在帐前，等到孟良落到陷坑以后把他绑起来。六郎假装一个人坐在帐中看书，引孟良上钩。军兵把孟良押到了六郎的帐中，六郎问："这次你还投不投降？"孟良说："每个人都有良心，我虽然是强盗，但也没丧尽天良。将军您太宽宏大量了，我愿意全心全意辅佐将军。如果将军能收留我，我将感激涕零。"六郎听后非常高兴。第二天，孟良回禀了六郎以后，回到山寨把刘超、张盖、陈雄、谢勇、姚铁旗、董铁鼓、郎千、郎万、管伯、关均、王琪、孟得、林铁枪、宋铁棒、邱珍、邱谦这十六个人引见给六郎。六郎大摆宴席欢迎他们，酒喝到一半的时候，六郎对众人说："如今辽国多次侵犯我国的边境，我大宋朝廷

孟良失算掉进陷阱

深受其害，却不能消除这种祸患，都是因为做将官的没有将才可以用。这里是重要的地方，我常常因为缺兵少将而苦恼，又怕不能镇守住这里，辜负了朝廷的重托。如果你们知道哪里有能人，可以帮我把他们招到这里来。”孟良说：“距离这里十里地有一座芭蕉山，山势险恶，里面聚集着数百草寇，他们的首领叫焦赞。这个人的脸色是朱红的，眼睛像铜铃一样，两个颧骨突出，有万夫不当之勇。要想抵御辽国，这样的人能派上用场。但是这个人非常凶恶，将军亲自前去也不一定能收服他。他和我有一些交情，我可以去招他。”

第二天，孟良辞别了六郎到芭蕉山去招焦赞。孟良说明来意以后，焦赞狂性大发，拿起兵刃要和孟良拼命。见他这样，孟良立刻跳上马回到佳山寨。见到六郎以后，孟良说：“焦赞十分顽固，我没把他招来。小将这里有一个妙计，用这个计策可以收服焦赞。明天将军带领军队和焦赞交战的时候，焦赞一定带领很多喽兵和他一起出战，到那时让岳胜带领五百军兵埋伏在洞前，开始交战以后，岳胜马上攻打寨子，把看守寨子的喽兵吸引到寨子的前面。我带领十几个人从芭蕉山的后面攀着藤葛进入寨中放火。然后再从里面杀出来，两下夹击，一定能捉住他。”六郎很满意，就按照孟良的意思办了。

第二天，六郎带领军队来到芭蕉山寨前讨战，焦赞带着喽兵出来迎战。战了几个回合以后，六郎假装败走，焦赞拍马追了过去，六郎掉转马头再次和他交战，战了几个回合以后，六郎再次假装战败，一直把焦赞引到离山寨十里以外。

岳胜看到焦赞走远了,就来到山洞前呐喊,四周围看守的喽兵怕他攻破寨子,就都来到了寨前进行防御。没想到孟良带着人从后山攀入寨中放火,顿时烈焰飞腾,喽兵们都各自逃生去了。

六郎看到山寨中烈焰飞腾以后,拨马再次与焦赞交战。他看到焦赞仍然全力作战以后,笑着说:“你的山寨都被孟良烧了,你还在这里恋战呢。”焦赞回头一看,山寨中烟雾弥漫,大吃一惊,拨马要回山寨。六郎从后面追杀了过来,孟良、岳胜则从山寨中杀出。焦赞知道自己打不过这么多人,下马走上山坡。哪知道山上长满了苔藓,他走得又太慌张,一下子跌了下来,被官军捉住,捆绑着送回了佳山寨。六郎升帐,众人把焦赞推到了阶下。六郎亲自解开了他的绑绳,并对他说:“请你不要见怪,为了抵御辽国的侵犯,我招募了很多的能人异士。如果你愿意镇守边关,我会请求朝廷给你封官。”焦赞心想:居然有这样的好事?抓住了强盗不仅不杀,还能做官?他愣了一会,然后磕头拜谢,表示愿意归降。六郎十分高兴,摆下酒宴款待众人。

收服了这些草寇以后,六郎就上书朝廷,请求皇上为这些人加封官爵。真宗与众位大臣商议后派使臣到边关宣读圣旨。真宗加封六郎为镇守三关的都指挥使,封岳胜、孟良、焦赞为副指挥使,又加封刘超等十六人为都总部头。六郎等人接旨谢恩,并款待了使臣。使臣离开以后,六郎又派人到胜山寨召回了陈林、柴敢二人。从这以后,三关上挂起了杨家的大旗,威震幽州。辽国的人感到畏惧,对宋朝边境的骚扰没那么多了。

时间过得真快，转眼间到了中秋节，六郎和众位将官一起喝酒赏月庆祝节日。为了助兴，六郎建议大家一起作诗。他首先吟了一首诗：月下敲砧响夜寒，征人不寐忆长安。雾迷北塞游魂泣，草没中原战骨酸。直望明河临象国，谁将零露捧金盘？何年卸甲天河洗，酩酊征歌岁月宽。岳胜接着作了一首诗：去年今日始离家，久戍边关倍可嗟。别话想来深似海，归心动处乱如麻。时维八月征衫薄，节近中秋酒兴赊。遥忆济州州上月，清光依旧照琵琶。孟良也吟了八句诗：天上旌旗卷暮云，人间鼓角送悲酸。瑶池落日回青鸟，月殿浮云掩素鸾。杨柳渐稀风瑟瑟，芙蓉已老露漫漫。蛩声迭送佳山戍，寂寞愁怀强自欢。焦赞接着孟良吟了一首五韵：绿烟散尽碧空明，涤海冰轮渐渐升。人事此时知好尚，天心今夜见分明。风波摇碎山河影，兔臼舂残桂子馨。世界大千归玉烛，剑光相与并玄精。六郎听完焦赞吟诗以后心中暗想：原来认为他只是一个莽夫而已，没想到他能作出这样的好诗，不应该以貌取人啊。岳胜说："将军吟的诗在字里行间流露出了一些遗憾的意味。"六郎向众将解释了原因，当年他们父子八人投降了宋朝，后来辽国侵犯边境，自己的父亲作为先锋与敌军作战。父亲被困在狼牙谷以后，潘仁美为报私仇故意不派兵支援。为保名节，父亲撞死在李陵碑下。后来打听到萧太后把父亲的尸体埋葬在胡原谷，很多次都想把父亲的遗骸取回来埋葬在祖坟中，但是却没有行事机密的人能够代替自己完成这件事，心中十分忧愁，不知道什么时候才能完成这个心愿。因此,在吟诗的时候不知不觉地流露了真情。众将听后劝说六郎不要忧虑,这件事要从长计议,以后一定能取回来。

当晚酒宴散了以后,孟良一直在想没有人能代替六郎把令公的骸骨取回这件事。最后他决定今天晚上趁着天黑偷着离开寨子,秘密地到胡原谷去把令公的骨骸取回来,以此报答六郎的三次不杀之恩。想到这里,孟良收拾好东西直接奔着胡原谷去了。第二天,大家发现孟良不见了,岳胜认为他在这里受约束,感到不自由,因此逃跑了。六郎却认为孟良性情刚烈,绝不会逃走。

孟良来到胡原谷以后,询问了很多人,却始终没找到令公的骨骸。正好在路上遇到一个传送公文的辽国人,于是孟良用辽语问那个人:"杨令公的骨骸原来埋在这里,现在怎么不见了呢?"辽国人告诉他不知道是怎么回事,前些天萧太后把令公的骨骸埋到红羊洞里了。听完以后孟良暗想:我就是为了这件事才来的,要是拿不到骸骨,岂不是白费功夫。还不如进到幽州,见机行事。离开胡原谷以后,他直奔幽州而去。快要到幽州城的时候,孟良偶然遇到了一个打鱼的人,一问之下才知道第二天是萧太后的生日,这个打鱼者是进城献鱼的。他一听心中暗喜:终于能实现我的心愿了。孟良说自己是养马的,要和打鱼的人一起进城。当走到城南幽静的地方时,孟良抽出短刀杀死了打鱼的人,把他的衣服穿了起来,拿着牙牌提着鱼进了幽州城。守门的人见孟良拿着牙牌,就把他放进了城。孟良把鱼献上以后住在了幽州城。萧太后大摆酒宴庆贺自己的生日。第二天,大臣献上了守关将士截获的山羊国进贡给大宋的良马。这匹马有着碧绿的眼睛,青色的鬃毛,身上是打着卷的红毛,有六七尺高。萧太后看完以后非常高兴,命人好好饲养。

孟良听说以后,偷偷去看了一下,果然是一匹好马。于是他想先去取骸骨,然后再想办法盗马。看完马以后,孟良来到了红羊洞,把放在石匣里的骸骨包了起来。走到洞口的时候孟良被人发现,他就撒谎说自己的父亲喝酒醉死了,自己在这里把父亲的尸体火化了,然后带回家乡。辽军看他痛哭流涕的样子,信以为真,把他放了。孟良逃脱了以后,急忙回到自己的住处,把骸骨藏了起来。取完骸骨以后,孟良又想到了一个盗马的妙计。第二天,孟良到药铺买了两个天南星,回到住处捣碎成粉末后带到马厩中去。他趁辽人煮豆子的时候把药末洒在马槽里,然后回去了。马舔了马槽以后,被药麻倒了。等到煮豆子的军人来喂马的时候,马不能吃东西了。喂马的人把这件事告诉了萧太后,萧太后在喂马人的建议下贴出榜文寻找能医马的能人。孟良前去揭了榜,萧太后一看他是送鱼的人,就问他:“你还能医马?”孟良说:“小人的祖先是专门医马的,我也略微知道一些医马的方法。”萧太后许诺如果孟良治好了马,就加封他官职。孟良拜谢完萧太后以后,跟着喂马的人来到马厩,假装看马,很久以后他才说:“这匹马刚到这里,水土不服,又吃了太多的豆子,肚子肿胀,所以才不吃东西。”孟良命人把马捆倒在地,拿凉水洗马嘴,又用水冲了一些甘草末,给马灌了几碗水,然后把马放了。再给它草料时,这匹马又像以前那样吃了。

第二天喂马的人把这件事报告给了萧太后,太后非常高兴,她封孟良为燕州总管,以表彰他治马的功劳。孟良谎称马的病根还没有除去,他需要把马带走再治疗几天。萧太后准许了他的请求。孟良接旨谢恩以后回到自己的住处,他取了骸骨骑上马直奔佳山寨跑去。

第七回

孟良盗马惹祸端 五郎九妹救六郎

辽国巡逻的士兵看到孟良骑着马没有去燕州反而奔向三关以后，急忙把这件事报告了萧太后。萧太后大吃一惊，随后派遣萧天右带领五千轻骑在后面追赶。孟良跑到一半的时候，回头一看后面尘土飞扬，知道一定是萧太后派兵前来追赶了，于是他加快了速度。等来到三关的地界以后，早就有士兵把孟良骑马奔回来的消息报告给了六郎，六郎派岳胜等人出去看看到底是怎么回事。岳胜得到命令以后，披挂整齐骑马出去瞭望。他听见孟良高喊："辽军追得非常紧，快来接应我一下。"岳胜让孟良去休息，他截住了萧天右。二人话不投机，战在了一起。他们交战了十几个回合以后，焦赞从旁边杀了出来，六郎又带着士兵从辽军的后面杀了出来，萧天右看到这种情况以后，就拨马逃走了。岳胜等人则乘胜继续追杀，辽军大败，宋军一直追杀到澶州的边界。萧天右带领着剩下的十几个人回到了幽州。六郎回到寨中询问孟良为什么要一个人去幽州，孟良说出了事情的真相。六郎听完以后非常感动，认为是自己连累了孟良。六郎派人把令公的骨骸埋到了自家的祖坟中，又派人把夺回来的宝马献给了朝廷。真宗见到马以后非常高兴,因为这匹马本来就是献给自己的,不料却被辽国人抢去了,现在又被夺了回来,这说明大宋朝人才济济。真宗下旨派人带着酒和布帛到三关去慰劳将士们。正在这个时候,澶州守将的奏章到了,辽军侵犯边境,请求朝廷派兵援助。真宗看完以后,问大臣们应该派谁去领兵讨伐辽军。八王爷建议因为佳山寨离澶州很近,可以下旨让杨六郎带兵前去讨伐。

按照真宗的旨意,使者带着圣旨和犒赏的东西前往三关。几天以后,使者到了三关。六郎领旨谢恩以后把朝廷赏赐的物品分给了众位将领。他又把朝廷要三关将士前往澶州抵御辽军的事告诉了大家,孟良认为是自己惹的祸,他愿意前去迎敌。六郎知道萧天右是辽国的名将,因此必须用计才能战胜他。他吩咐孟良带兵先去迎敌,并要求孟良谨慎防范,不能私自行动。孟良带着五千士兵先出发了,六郎又命岳胜率领三千士兵埋伏在澶州的后面,等到仗打到一半的时候,领兵出击。六郎自己带领三千步兵在后面支援他们。辽军的士兵很快就把三关将士到澶州助战的消息报告给了萧天右,萧天右对耶律第说:“我们已经打探到拐走太后宝马的人是三关的大盗孟良,听说他正在领着人马前来和我交战,我们一定要齐心协力战胜宋军,夺回宝马,到时候太后一定会重赏我们。”说完以后,萧天右就摆开了阵势,准备迎战宋军。只见宋军像风一样很快就到了眼前,孟良全身披挂,手握大斧出马与萧天右对话。没说几句,二人就战在了一起。战了几十个回合以后两个人也没分出胜负,耶律第出阵帮助萧天右来战孟良，忽然岳胜带领军队从山后杀了出来，他上前与耶律第交战。辽宋两军战斗了很久，萧天右假装战败逃走，孟良催马追了上来，他抡起斧子向萧天右的脸上砍去，只看到金光灿烂，却始终伤不了他。孟良看到斧子砍不进去，大吃一惊，拨马就走。辽军追了过来，宋军四下奔逃，萧天右追了一阵，他看到前面杀气腾腾，害怕埋伏了伏兵，就收兵回营了。

孟良回到寨中以后，把砍不伤萧天右的怪事告诉了六郎。六郎心想：世界上竟然有这样怪异的人，明天我亲自出战，看看到底是怎么回事。第二天，六郎令陈林、柴敢守住营寨，又吩咐孟良、焦赞带领着王琪、孟得、邱珍和郎千分别从左右两边出兵。众位将领马上按照吩咐行事。这边萧天右也在和将官们议事，萧天右认为孟良和岳胜非常勇猛，很难抵抗，并且他们的部下大都是强盗出身，都能征惯战。要是和宋军拼死一战，只会使自己的士兵白白送死。最好的办法就是用计战胜他们。天右对众将说出了自己的计策：在南面有一个双龙谷，里面有一条小路可以到达雁岭。先派一个人带领三千骑兵埋伏在谷口，等他把宋军骗进谷以后，就出兵拦住谷口。要是宋军想冲出来，就用弓箭射他们，不出半个月宋军就会饿死在谷中。天右命令耶律第带兵埋伏在谷口，他又派黄威显带领三千步兵埋伏在雁岭上，等辽军撤出以后，黄威显就命令士兵用滚石阻塞谷中通往雁岭的路，并在悬崖上多树立一些辽国的旗帜，使宋军不敢翻越山岭。耶律第和黄威显按照吩咐领兵去准备了。

萧天右吩咐完毕以后，忽然有人报说宋朝将领在营外挑战。萧天右披挂整齐以后领兵出战。岳胜首先冲上来与天右交战，他们两个人战了几个回合以后，孟良和焦赞分别从左右杀了出来，三个人一起迎战天右。六郎从旁边用枪刺向天右，忽然金光迸起，枪刺不进去。六郎心想：他不是凡人，一定是什么妖精变成的，必须用计策擒住他。正在这个时候，天右诈败，岳胜等三人在后面紧追不舍。六郎害怕他们三人有闪失，也在后面紧追。就这样他们被萧天右骗到了谷中。六郎看到山势险峻，树木茂密以后就下令鸣金收兵，但是已经晚了。这时谷口忽然响起了战鼓声和呐喊声，孟良等人奋力往外冲杀，但是辽军万箭齐发，射伤了很多宋军。孟良等人只好退回到谷中。六郎怪孟良等人单凭着匹夫之勇只顾冲杀，结果被骗到了谷中。孟良忽然想到有一条小路可以到达雁岭，就带领众人来到那里，结果看到山崖上布满了辽军，通往雁岭的道路又被檑木和滚石堵塞了，漫山遍野又插满了辽军的旗帜。见到这样的情况，孟良认为还得从谷口强攻出去，六郎不同意他的看法，认为强攻只会造成更多的伤亡，他要孟良到五台山去搬请杨五郎来解围。孟良打扮成辽国人的模样，辞别了六郎，混出雁岭。当天夜里孟良就来到了五台山，在一个行者的指引下见到了杨五郎。孟良向五郎说明了来因，五郎却以自己已经出家，不能再犯杀戒为由不肯相助。孟良则劝说五郎救人一命胜造七级浮屠，何况五郎可以救很多人的命，这是一件功德无量的事，要比在寺里念一千声佛好得多。五郎又提出自己多年不上战场，没有自己的战马,并且自己的身体比较重,只有八王爷的千里风或万里云才能驮动自己。孟良承诺想办法去弄马,五郎向孟良保证只要有马,他一定下山帮忙,绝对不会再推辞。孟良辞别五郎后直接赶往汴京。

几天以后,孟良来到了汴京。他直接到八王府拜见八王爷,并把借马解围的事告诉了八王爷。八王爷要他拿出六郎的书信,不然就不能把马借给他。孟良苦苦哀求,说自己是从五台山来的,没有六郎的书信。八王爷信不过他,拒绝把马借给他。孟良死缠烂打,最后激怒了八王爷,他要把孟良当作盗贼送到三法司问罪,孟良只好到无佞府见太君。见到太君以后,孟良说:“杨郡马被困在了双龙谷中,他派我到五台山向杨五郎师父求救,五郎师父说他自己没有战马,又因为他的身体很重,只有八王爷的千里风和万里云才能驮得动他。小将只好来京城向八王爷借马。谁知道八王爷说没有杨郡马的书信不能把马借给我,小将没有办法,只好来到老太君您这里商量一下,想想办法。”太君听说后很伤心,担心六郎会有什么闪失。九妹决定和孟良一起去救哥哥,太君嘱咐九妹要小心。孟良让九妹先到城外四十里处的驿馆等他,今夜他要先去八王爷的府中盗马,然后再去追赶九妹。九妹辞别了母亲,回房中收拾了东西以后,就赶往驿站去等孟良。

不说九妹如何在驿站等孟良,先说孟良如何盗马。他偷偷潜入了八王爷的后花园中,等到将近黄昏的时候,孟良在敕书阁放了一把火。一瞬间,火焰飞腾,卫兵马上告诉了八王爷。八王爷大吃一惊,急忙命人去救火,连看守马厩的人都去了。趁着混乱之际，孟良走进了马厩，偷偷把千里风牵到了后花园，从角门走了出去，然后骑上马出了城。救完火以后，看马的人来拴千里风，却找不到了。看马的人急忙报告了八王爷，八王爷恍然大悟：我被这个贼算计了，这把火一定是他为了盗马故意放的。八王爷命人牵来了万里云，亲自骑上马去追赶孟良。当时已经是二更天了，孟良得到了宝马，心中非常得意。正在赶路的时候，忽然听到后面响起了马铃声，一会工夫后面的马匹就赶了上来。八王爷大声骂道："毛贼，快把马留下来，饶了你的罪过。"孟良大吃一惊，暗想：怎么来得这么快呢？孟良又想到了一个计策，他先把马推到淤泥中陷住，然后躲到树林中观望。八王爷怕陷坏了千里风，就下马来查看。孟良看到八王爷下了马，就从树林中跑了出来，跳上万里云扬鞭打马而去。等到卫兵追上来以后，八王爷把事情说了一遍，众人安慰说："他拼命来盗马是为了救杨郡马，等救完了人以后，他一定会把马还回来的。"听完众人的劝解以后，八王爷骑着千里风回府去了。

第二天早晨，孟良见到了九妹，他把盗马的经过对九妹仔仔细细地说了一遍。九妹听后很高兴，她认为孟良非常机智。两个人决定，孟良到五台山去请杨五郎，九妹到澶州的营寨中去等候他们。孟良骑马来到了五台山，见到五郎以后，他把盗马的始末以及九妹前来救六郎的事说了一遍，五郎见他对主人如此忠心，十分感动。点齐了五百头陀兵以后，五郎打起杨家的旗号和孟良一同赶往澶州。几天以后，五郎在澶州军营见到了九妹。九妹救兄心切，想要在当天晚上就杀进辽军的营寨，解除他们对双龙谷的围困，但是五郎认为辽军很强大，不能鲁莽行事，应该等打探完情况以后再出兵。辽国的探马听说五郎率领救兵到来以后马上报告了萧天右。萧天右知道五郎骁勇善战，于是又生一计。他命令在被俘的宋朝百姓中找一个面貌酷似六郎的人砍掉脑袋，把人头挂在高杆上，然后让士兵宣扬六郎等人昨天已全部被杀死在谷中。宋军看到了人头，一定会自动退兵，到那个时候就真能把杨六郎困死在谷中了。辽军按计行事。宋军的哨兵很快就听说了六郎被杀的消息，急忙报告了五郎。五郎认为自己的弟弟被围困了这么久有可能被杀，因此他派九妹前去观看人头。九妹披挂整齐后来到了阵前，她让辽军把人头挑出来观看，九妹看到容貌十分相像，就以为六郎真的死了，她回到军营中把自己看到的告诉了五郎。孟良却不相信这是真的，他认为虽然六郎被困在谷中，但是岳胜、焦赞都是虎将，他们怎么能不竭力保护六郎呢，怎么能让辽军单单砍了六郎一个人的头呢？再说，辽军怎么杀得这么干净，连一个人也没逃出来。五郎认为孟良的话很有道理。当天夜里，五郎夜观天象的时候，发现将星仍然明亮地照着双龙谷，因此，他确信六郎没有死。于是五郎派孟良闯入谷中给六郎送信，叫他从谷中杀出。

为了探听辽军的虚实，九妹扮作打猎的人进入辽国境内。她进入天马山以后迷了路，正沿着山路走的时候又遇到了辽军，所以她来到山后的小庵中躲避。九妹向庵主说出了自己的身份，庵主为了救她，把她装扮成自己的徒弟。辽军进庵搜查以后果然以为九妹是庵主的徒弟，没有起疑心。但是他们看到九妹有武器，就提出来要和她比试武艺。经过一番比试，那些人都不是九妹的对手。见到自己的主人张华以后，这些家丁诉说了九妹武艺如何的出众，张华听说以后就派人把九妹请到了家中。拜见过张华以后，九妹自称名叫胡元，是太原人。由于九妹本来就容貌出众，因此女扮男装以后就更显得神态风俊。加上她声音清丽，言辞激烈，张华心中十分喜欢她。和自己的夫人商量以后，张华决定把自己的女儿许配给九妹假扮的胡元。因为辽宋两国正在交战，正是用人的时候，张华就把胡元推荐给了萧太后。萧太后任命胡元为骠骑将军，并让他带领三千军兵去帮助萧天右。九妹假扮的胡元带兵刚到澶州，还没参见萧天右就听说五郎领兵来讨战。于是九妹单枪匹马去战五郎，五郎诈败而走。萧天右听说这个消息非常高兴，把胡元请到帐中商量退敌的办法。辽军中有人认出胡元就是前些日子来看六郎人头的宋军将领。萧天右把胡元抓了起来，并禀告了萧太后。九妹被关入天牢中，只等再抓到宋军将士就一起拉出去杀头。

五郎打听到九妹的消息以后，和陈林、柴敢等人商量，决定先去救处境更危险的九妹。五郎假扮成辽国属国陀罗国的元帅，打着陀罗国的旗号，带领五百头陀兵来到幽州城。萧太后真以为五郎率领的是陀罗国的援兵，当晚设宴招待了五郎。酒宴完毕以后，五郎辞别了萧太后，把军队驻扎在城南。他密令头陀兵趁辽国人不防备，在当天夜里杀入监狱中救出九妹。天牢中的狱官章奴听说九妹是杨家的人，多次想放她都没成功。这一天，九妹推算出自己在当晚能离开监狱，她请章奴和她一起离开。同时，九妹也为杀出天牢做好了准备。将近黄昏的时候，监狱外响起了炮声，五郎领着五百头陀兵从城南杀到了天牢中，正遇到九妹和章奴从狱中往外杀，兄妹二人在幽州城内搅扰了一夜，杀死了很多辽军，然后领兵杀向澶州。

萧天右不知道宋军会从幽州杀来，因此没有任何防备。五郎、九妹杀进营中一顿乱砍。耶律第前来迎敌，只战了两个回合，就被五郎一刀砍死了。陈林、柴敢听到呐喊声知道是五郎到了，也领兵杀出营来。萧天右见宋军声势浩大，拍马逃走了。五郎催马追了上去，和萧天右打了几十个回合。就在五郎拿刀照着萧天右的脸砍去时，却看见金光迸现。五郎忽然想起师父对他说过辽国有两员大将是逆龙精降生，因此他念起了师父教过的降龙咒，先消除了萧天右的妖气。然后，五郎用尽生平的力气举起大斧子砍了下去，只看到一道火光冲天而去。五郎又领兵杀向双龙谷，六郎听到谷口有喊杀声，知道是救兵到了，就带兵从里面往外杀。孟良一马当先，把黄威显砍于马下。五郎和六郎兵合一处，杀得辽军尸横遍野，血流成河，宋军还夺得了大量的马匹和军器。

得胜回到营寨以后，兄妹团聚。六郎摆下酒宴犒赏三军，酒宴完毕以后，五郎带领头陀兵回到五台山，六郎和九妹送到寨外，兄妹洒泪分别。回到营寨以后，六郎写了退辽表章，派人把表章和八王爷的万里云一起送回京城。此后，六郎整顿军纪，继续招募英雄，时刻防范辽国的进犯。而萧太后因为杨家将大闹幽州城，同时又失去了萧天右等人，心中十分不快。于是她命令耶律休哥等人严密把守关隘，不能轻举妄动，从而招致宋军的侵犯。从这以后，边关的战事少了很多，三关的威名震撼了幽州城。

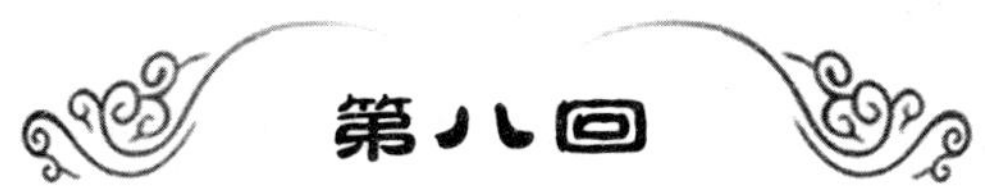

第八回

王钦毒计害六郎　朝臣智保三关帅

六郎领兵破了侵犯澶州的辽军以后，真宗派使臣送给三关将士黄金一千两，绸缎十车。这天散朝以后，王钦回到家里，心中暗想：只要有六郎镇守边关，我就没法完成萧太后的任务，应该想个办法把他除掉。自己不能亲自出面陷害六郎，得找一个人在暗中帮自己完成这件事。应该利用谁呢？王钦冥思苦想了很久以后，想到了合适的人选，那就是谢金吾。谢金吾是一个恃宠而骄的小人，只要想办法激怒他，就可以达到自己的目的。想到这里，王钦派人去请来了谢金吾。王钦亲自把谢金吾迎入府中，喝完茶以后，谢金吾说："王兄，你找我有什么事吗？"听到谢金吾这样问，王钦马上装出一副可怜相，他唉声叹气地说："前些日子因为公事外出，路过杨家的天波滴水楼时我没下马，因此被杨家的家丁骂了一顿，我心里十分害怕，想要把这件事禀奏给皇上，又怕八王爷指责我，思来想去，我想到了一个可以不受别人欺凌和侮辱的方法，就是辞官不做，退隐山林。"谢金吾说："王兄你不用这样想不开，当今皇帝最宠信的是我们两个人。虽然八王爷位高权重，但他毕竟不是真正的主宰者，所以你不用怕他。

至于杨家就更没什么可怕的了，六郎一个人起不了什么作用。先帝下令建造无佞府和天波楼不过是激励杨家人守卫边关，杨家不敢凭借这两样东西在朝中称霸。明天我就从天波楼下经过，如果没有什么事就算了。要是杨家人敢出言不逊，我就上奏皇上拆掉天波楼。”王钦心中暗自得意，他请谢金吾在府中喝酒，并在酒宴上激起谢金吾的怒气。

第二天，谢金吾摆着队伍向着无佞府走去，快要走到天波楼的时候，手下的人提醒他不论大小官员都要下马走过天波楼。谢金吾不但不听，还叫手下人敲锣打鼓地从天波楼前走过。正在闲聊的佘老太君和柴郡主听到声音以后就派家人去看看是怎么回事。家人回来禀告说是谢金吾骑着马，并且敲锣打鼓地从天波楼下经过。太君听后大怒，她命丫鬟拿出朝服，穿好以后到金殿向皇帝禀告这件事。见到真宗以后，太君把谢金吾的无礼行为对真宗说了一遍。真宗听完以后对太君进行了安慰，等太君回府以后，真宗马上召见了谢金吾，对他进行了责备。谢金吾辩称道：“陛下，南北往来的使臣在朝贺皇上时都要先下马经过天波楼，这样看起来好像这座楼要比皇上还尊贵。臣请您拆毁天波楼，使南来北往的人知道应该受到尊敬的是朝廷。”谢金吾走后，王钦在暗中又对真宗说了一些拆楼的理由。听完以后，真宗下旨命谢金吾拆毁天波楼。杨家的兵丁得到消息以后，急忙告诉了老太君。太君和柴郡主商量以后决定求八王爷帮忙。于是，柴郡主来到了八王爷的府中请求他向皇上上奏不要拆了天波楼，八王爷说：“就是你不来，我也会代替杨家向皇上求情的。我这里有一个主意,你向谢金吾行贿,让他宽限几天再拆楼,等遇到适当的时机以后,我再向皇上禀奏这件事,或许能保住天波楼。"

柴郡主回到府中把八王爷的主意告诉了老太君,太君高兴地说:"只要能保住天波楼,就是散尽财产也是值得的。"就这样,柴郡主请谢金吾的心腹刘宪把一根玉带和一百两黄金交给谢金吾。谢金吾见到杨家送来的礼物后心中暗自得意:杨家的人自以为功劳大十分骄傲,满朝文武官员没有人敢和他们对抗。要不是我略施小计,他们哪能知道我的厉害。刘宪对谢金吾说:"既然杨家已经服了,你可以把顺水人情送给他们,何况拆天波楼也不是什么重要的事情,朝廷不会追究,慢慢地拖延,留着天波楼不拆,这样你一定会得到杨家人的敬重。"谢金吾听从了刘宪的建议,他派人去告诉太君不拆天波楼了。哪想到王钦知道了谢金吾受贿的事,他把这件事密报给了真宗,真宗大怒,他命令谢金吾快速拆掉天波楼。谢金吾迫不得已,只好带着军兵去拆天波楼。八王爷听说以后,马上派人告诉了太君,并告诉她把六郎找回来商量一下对策。听说这件事以后,太君闷闷不乐,整天吃不好,睡不香。全家人都认为只有把六郎请回来才能最终解决问题,不留后患。但是,太君认为没有皇上的诏命,六郎是不能随便离开三关的。九妹提出可以让六郎的部下掌管几天帅印,六郎悄悄地回到家里,等解决完事情以后再偷偷地回到三关。太君同意了九妹的想法,她让九妹前往三关去找六郎。

辞别母亲以后,九妹直接奔赴三关。几天以后,九妹来到三关见到了六郎，她把谢金吾要拆天波楼，八王爷上奏请求皇上留下天波楼被拒绝，因此母亲派她到三关来找他回家商议对策的事说了一遍。六郎只好找到岳胜，告诉他自己的家中有急事，母亲派九妹召自己回去，要他按照吩咐和孟良等人提防着辽国的奸细，等焦赞回营以后就说自己去打猎了，千万不能让焦赞知道实情。吩咐完以后，六郎就和九妹悄悄离开了佳山寨向着汴京的方向走去。六郎和九妹日夜兼程走到半路的时候，焦赞突然从树林中跳了出来。焦赞一定要和六郎一起去汴京，他想看看京城的繁华景象。六郎怕他惹祸，命令他回到三关去。焦赞执意要去汴京，九妹说："多他一个人也没什么事，只要多嘱咐他，不让他惹是生非就行了。"于是，六郎听从九妹的意见，带着焦赞一起回到了汴京城。回到无佞府以后，六郎先拜见了太君。太君眼泪汪汪地说："当年你们父子八个人一起出征，回来的时候只剩下了你一个人。先帝因为你们父子保驾有功，下旨建造了天波楼，作为对你们的奖赏。如今，谢金吾依仗皇上对他的宠信，胡说天波楼不利于天下往来。皇上听信了谗言，下旨要拆楼。要是不能制止这件事，恐怕以后无佞府也保不住了。"六郎安慰母亲说："母亲不要为了这件事伤心，我会和八王爷去说这件事。我们父子都是为了保卫国家战死的，皇上一定会垂怜我们，不拆毁天波楼。"柴郡主认为如果八王爷能鼎力相助，就不用畏惧谢金吾这样的小人了。六郎见完了家里人以后，命令人把焦赞带到后面的书房去休息，并派兵丁站岗，防止他到府外去惹事。

前两天因为旅途劳累，焦赞还待得住，过了几天以后，他觉得在府中太受约束了。焦赞本来是想到京城游玩的，现在却被关在府中。他央求兵丁带着他出去玩耍，兵丁被他软磨硬泡的没有办法了，就偷着打开后院的门，瞒着六郎，带领焦赞到城中游玩去了。焦赞和兵丁先来到了仁和门，只见那里聚集的人多如蚂蚁，货物堆积如山，好一派繁华的景象。几个人走着走着来到了一个酒馆前面，店内传出了歌声和饭菜的香味，焦赞要进去喝酒，兵丁告诉他这里人太多，不能尽兴，可以到城东比较偏僻的望高楼喝个痛快。来到望高楼以后，焦赞一直喝到天快黑了，兵丁劝他回府，他却不听，还大声喧哗，兵丁怕惹出事来，就一直让他喝到了一更天。从酒楼出来了以后，焦赞还是不肯回府休息，他让兵丁在月色下和自己一起东游西逛。他们三个人正好走到了谢副使的府门前，听见里面正在吹拉弹唱，饮酒作乐。兵丁对焦赞说："这是谢金吾的家，他是最受皇上宠信的人，而他正是杨元帅的对头。就是因为他领旨要拆天波楼，所以杨元帅才从三关赶了回来。"如果焦赞不知道谢金吾的家在哪里也就算了，如今居然走到了他的家门口，焦赞不禁怒从心头起，恶向胆边生，他告诉兵丁说："你们在这里等着我，我要进去杀了谢金吾这个狗贼。"兵丁一听，顿时吓得战战兢兢，浑身麻木了。两个人把焦赞拖到了后面的墙角处，焦赞小声说了一句撒手，就纵身一跃跳到了墙里。

里面正是谢府的后花园，焦赞悄悄地走进了厨房，他看见里面只有一个丫鬟在准备菜肴，抽出短刀以后，他走上去杀了丫鬟，然后提着人头走到堂上。焦赞看到谢金吾坐在正中听乐曲。他直接把人头扔在了谢金吾的脸上，谢金吾大吃一惊，急忙大声呼喊有贼。谢金吾的话音刚落，焦赞扑向前砍掉了他的脑袋，其他人见了纷纷逃跑。焦赞的愤怒没有完全平息，他把谢金吾一家十三口不分男女老幼全都杀了。将近三更天的时候，焦赞把宴席上的美酒佳肴席卷一空。吃完以后他心想：谢金吾一家被我杀了，他是皇上的宠臣，朝廷一定不会善罢甘休的。要是我不留下姓名，街坊邻居可能会遭殃，不如写下一首诗，让官府去猜，这样也就不会连累别人了。想到这里，焦赞蘸着鲜血在墙壁上写了四句话：四水星连家下流，二仙并立背峰头。明明写出真姓名，仔细参详莫浪求。写完以后，焦赞又从后花园跳了出去，却发现两个兵丁不见了，就躲在城坳里过了一夜，第二天早晨逃回了杨家。

巡逻的士兵听说谢副使家被盗以后，就把这件事报告给了王钦。王钦马上带人到谢府去查看，只见一家十三口全被杀死了，墙上用血写着四句话，是凶手的姓名。王钦命人抄了下来献给真宗，真宗大吃一惊，他下旨让王钦查办这个案子。奸贼王钦禀奏说："杀人的是杨六郎新近招降的大盗焦赞。"真宗说："杨六郎在镇守三关，他的部下不可能到京城来杀人。"老奸贼又说："陛下，您不知道，杨六郎已经私自离开三关回到了家中，只要您下旨搜查杨家就知道到底是怎么一回事了。"真宗准许了王钦的禀奏，派禁军去捉拿杨六郎和凶犯焦赞。

圣旨下达以后，几十个禁军就领旨前往无佞府拿人。这

焦赞杀人后题诗留名

时,六郎和太君正在商量天波楼的事,忽然家人来报说昨天夜里焦赞杀了谢家十三口人,现在朝廷派禁军到无佞府抓捕他。六郎愤怒地说:“这个狂徒败坏了我们杨家的声誉。”六郎刚说完这句话,禁军就冲进来抓住了他,焦赞听说以后手拿快刀杀了进来,禁军看到他相貌凶恶,放了六郎,不敢上前抓人。六郎见焦赞拒捕以后大怒,声称要先杀了他,再向朝廷请罪。焦赞没办法,只好像六郎一样把自己绑上,然后和他一起去见真宗。真宗问六郎私自离开三关的原因,六郎回答说:“臣私自离开三关罪该万死,但是请陛下允许臣说出自己的理由。臣父子蒙受朝廷的恩惠,虽死不能忘记。最近,皇上您下令拆掉天波楼,臣的母亲因为忧虑这件事生了病,情况十分严重。臣怕见不到母亲的最后一面,所以趁着闲暇回家探望母亲。虽然臣把焦赞带了回来,却把他留在家中严密看守。杀死谢金吾全家的不一定就是焦赞,请陛下仔细查访。如果真是焦赞杀了人,那就杀了臣等匡正朝廷的法典。”真宗听完六郎的话以后开始犹豫不决,王钦赶忙禀奏说:“臣敢确定杀人的一定是焦赞,请求陛下下旨杀了六郎和焦赞,用来警示后人。”八王爷反驳说:“杀人的不一定是焦赞,哪有杀完人还留下姓名的蠢货。六郎和焦赞私自离开三关是犯了重罪,但是看在他们守卫边关有功的份上,请陛下免去死罪另行发落。”真宗命令六郎等人先退下,然后他下旨让三法司确定六郎和焦赞的罪行。当时担任三法司的正堂黄玉和王钦有交情,王钦就派人告诉他把六郎发配到山穷水恶的地方去。于是,黄玉把六郎派到汝州监造官酒,三年以后服完役。焦赞被发配到邓州充军。真宗批准了黄玉的判决，下旨命六郎和焦赞马上出发，并安排王钦去安葬谢家人的尸体。

拜别了太君以后，六郎随押解的军人出发了，八姐、九妹一直把他送到了十里长亭。焦赞在半路上等候六郎，他要回三关召来岳胜等人救六郎，六郎劝他不要再惹祸，忍耐三年两载就能再次相会了。拜别了六郎以后，焦赞和押解的军人前往邓州去了。到了汝州，六郎见到了太守张济，张济给押解的军人写了回文，派他们回去。张济很同情六郎的遭遇，安慰六郎不要着急，过一年半载朝廷就会重新起用他。六郎十分感激，辞别了张济以后，他就到万安驿去造酒了。王钦派人打听到六郎已经到了汝州，就把黄玉请到府中，他捏造谎话说："皇上想暗中杀六郎，就是没想到办法。"黄玉说："你可以诬陷六郎私自卖了官酒，这样皇上一定会杀了六郎。"第二天上朝的时候，老奸贼王钦就向真宗禀告说："陛下，六郎私自卖了官酒，积聚财富，想要造反。"真宗大怒，他说道："这个奴才真是不知死活，他的手下杀了谢金吾全家，朕没杀了他，已经够宽容的了。如今他居然私卖官酒，这次决不能饶恕他了。"真宗下旨命团练使呼延赞到汝州去取回六郎的人头。

散朝以后，寇准、柴郡马等人聚集在金殿上商量这件事。八王爷说："如果杀了六郎，以后辽国进犯的时候就没人能抵挡了，一定要救下六郎。"寇准出了一个主意：他让呼延赞秘密和汝州太守商议，在监狱中找一个和杨六郎容貌相似的罪犯杀了，把人头献给圣上。让六郎躲到别的地方，等到国家有难的时候，大家再保奏他出征，让他戴罪立功。呼延赞领了寇准的主意以后来到了汝州，他把事情告诉了张济。张济先把六郎藏在了内室，又从监狱中找了一个长相酷似六郎的人，这个人名叫蔡权。当天夜里狱卒用酒灌醉了蔡权，然后砍掉了他的人头交给呼延赞带回京城。六郎则穿着平常人的衣服辞别了张济回无佞府去了。呼延赞回到京城时，真宗正在升早朝，他献上了人头，真宗看了以后并没有怀疑。大臣们以为六郎真的死了，都十分难过。八王爷请求真宗把人头交给杨家安葬，真宗准奏，杨家人十分悲痛地把人头安葬了。三关的将士听说六郎被杀的消息以后放声大哭，声震原野。哭完以后，大家决定离开佳山寨，岳胜命令刘超、张盖在山下建了一座庙，中间塑造的是杨六郎的像，两边是十八员指挥使的像，每年的春秋进行祭祀。然后，岳胜又把寨中的财物平均分了，并拆毁了寨子。这一天，众人拜别以后各自散去。陈林、柴敢又回到了胜山寨。岳胜和孟良去了太行山，依旧靠劫掠维持生计。在邓州的焦赞听说六郎被杀以后也逃跑了。

第九回

君臣遭困赦六郎 三关帅聚将救驾

王钦看到六郎被杀以后十分高兴，他心中暗想：从此以后没有六郎镇守三关，辽国的军队就能趁机长驱直入了，自己也不用滞留在大宋朝了。于是，他写了一封密信，把杨六郎被杀的消息告诉了萧太后，并让萧太后出兵进犯中原。写完信以后，王钦秘密派人把信送到了辽国。萧太后看到这封信以后很高兴，她让大臣们也看了这封信。萧天左进谏说："杨六郎一死，辽国进攻中原的障碍就不存在了，太后您应当马上发兵。"师盖却禀告说："虽然死了一个杨六郎，但是大宋朝仍然有像他一样英勇的人。我们应该用计谋达到目的。臣这里有一个妙计：魏府的铜台，景色非常好。我们首先秘密派人酿造美酒，在夜间偷偷倾倒在魏府的池塘中，然后再命令人把八宝冰糖粘在魏府的树叶上。每十天倒一次酒，粘一次冰糖。再让辽国的军民三三两两地宣扬上天把甘露降到了魏府的树上，把琼浆降到了魏府的池塘中。这样不久以后消息就会传到汴京。同时太后您把这个计策通报给王钦，让他蒙骗宋朝的皇帝到魏府游玩。到时候我们再出兵抓住宋朝的皇帝，那么大宋的江山就唾手可得了。"萧太后听完以后大喜，她马上给王钦写信，把计策告诉了他。然后就按师盖的计策开始准备。萧天左则开始整顿军队，等待作战。不久以后，魏府天降祥瑞的消息就传到了汴京。王钦私下里和同僚谈论这件事，大家都不知道这件事是不是真的，王钦对大家说："这是真的，我们应该把这件事禀告给皇上。"第二天，大臣们纷纷递上了贺表，称魏府天降祥瑞，池塘中满是玉液，树上挂满了琼浆，如果能吃到这些东西，就会成为神仙。真宗看完表章以后也相信了。只有寇准、八王爷和柴郡马不相信这是真的。寇准进谏说："陛下，魏府的铜台离辽国很近，这可能是辽国人的诡计。要是真的天降祥瑞，为什么只降到魏府一处呢?"老贼王钦则进谏说："陛下，这是千载难逢的一次机会，您此行首先可以安抚边境的百姓，其次可以扬国威，起到震慑辽国的作用，这样辽国就不敢觊觎中原的领土了。"昏庸的真宗认为王钦说的有道理，就下旨到魏府去巡猎。八王爷提醒真宗要是辽国的萧太后知道了他出游的消息，可能会派兵围困魏府，同时辽国还可能再次进攻澶州，那样江山就危险了。但是真宗不听八王爷的劝谏，执意要到魏府去。

就这样真宗下旨命呼延赞为保驾将军，又命光州节度使王全节和郑州节度使李明带领着自己的部下在前后辅助呼延赞护驾。呼延赞等人接旨以后开始做准备。几天以后，真宗的车驾离开了汴京城，八王爷以下的大小文武官员都伴驾随行。当时正是隆冬的十一月，寒风凛冽，天寒地冻，大队人马浩浩荡荡，没过几天就到达了魏府，真宗的车驾首先到城内休息。第二天，真宗和大臣们出去游玩，看到树叶上果然有白色的颗粒，拿下来吃了以后才知道是八宝冰糖。而池塘中的水都是米酒。看到这样的情景，八王爷上奏说："陛下您轻信别人的话，来到这里观看祥瑞。车马旅途劳顿，百姓沿途供给，苦不堪言。如今到了这里，哪有什么祥瑞，这一定是辽国人的奸计，他们要把陛下骗到这里进行谋害。要是不早些回去，必然会落入圈套中。"真宗也起了疑心，于是下令赶回汴京。但是辽国人已经知道了消息，萧天左和土金秀带领十五万骑兵和步兵迅速包围了魏府。侍臣急忙把这个消息禀报给了真宗，真宗大吃一惊，心想：先前不听八王爷的劝告，才导致会有今天的灾祸。用什么办法才能逃脱这场灾难呢？八王爷建议说："辽国军队人数众多，来势凶猛，应该避其锋芒。陛下您应该下旨命士兵要严守各城门，同时派人连夜回到京城去搬救兵，这样才能解除辽军对魏府的包围。"真宗听从了八王爷的建议，命令严守各处城门，不许妄动。呼延赞等人按照吩咐分别守卫各个城门。

宋朝的军队看到辽军把魏府围得水泄不通、声势震天，都流露出了害怕的表情。见到这样的情景呼延赞决心主动出击辽军，他决定自己先出战，等到战到一半的时候，光州节度使王全节带领一些士兵从左边出击，郑州节度使李明则带领一部分军兵从右面杀出，打辽军一个措手不及。第二天，呼延赞请旨出战，辽军出来迎战的是土金秀，他和呼延赞战了几个回合以后，因为没有呼延赞力量大，因此拨马逃走了。呼延赞追了过去，土金秀张弓搭箭射中了呼延赞的战马，呼延赞落马被辽国人擒去了。王全节和李明见到他被擒以后，不敢追赶退回了城中，辽国军队杀死了很多宋军。听到这个消息以后真宗吓得手足无措。八王爷建议真宗下旨到各镇的节度使那里去调兵，真宗准了他的进谏，写了手诏派使者送往各处去请救兵。自从抓住了呼延赞以后，萧天左和土金秀商议再抓几个人一起送回幽州去领赏。于是，从那天以后，萧天左、土金秀、耶律庆分别加紧攻打各城门，宋朝君臣整日不得安宁。

八王爷忽然想到辽军十分惧怕杨六郎，他命人假扮成六郎和边关的十八员指挥使的模样吓唬辽军。辽军果然中计逃走，王全节和李明看到以后打开城门，趁势在后面追击。辽军逃跑时自相践踏，死者不计其数。宋军一直追杀了几里地以后才回到城中。王钦看到辽军退走以后很生气，他立即写信告诉辽国的将军，六郎是假的。萧天左感叹道：假六郎还能使人害怕，要是遇到真的六郎，岂不是要被他吓破胆了。辽军再次包围了魏府。真宗询问八王爷还有没有其他的方法可以使辽军退兵，八王爷认为各镇的军马没有到，京城又没有消息，城中的士兵又十分劳累，只能紧守魏府，等待援军前来。被辽军围困了二十多天以后，魏府城中的情况十分紧急。君臣在城上观察敌情的时候，八王爷说："想脱离这个陷阱，除非杨六郎领兵前来。"听了八王爷的话以后，真宗后悔当初杀了六郎，八王爷暗示真宗六郎还活着。于是，真宗命王全节带着赦旨到汝州去寻找六郎。王全节杀出重围以后来到了汝州，他对太守张济说："我奉旨前来寻找六郎，皇上已经赦免了他先前的罪过。”张济却说：“六郎已经被呼延赞斩首了，我怎么能找出活的杨六郎呢？你应该到无佞府去寻找六郎。”没办法，王全节只好辞别了张济来到杨家，见到佘老太君以后，他又把真宗的意思说了一遍。太君的回答和张济的差不多，六郎已经被斩首，上哪里再找一个活的来？她又告诉王全节：“前方军情紧急，你赶快回去向皇上交旨吧！”王全节无可奈何，只好单枪匹马杀回了魏府。他把张济和太君讲的话对真宗说了一遍，真宗很后悔自己不加考虑就杀死了六郎，他询问大臣们有什么计策，大臣们一致认为遇到这样的情况，即使诸葛亮复出，姜子牙重生也无计可施。真宗听了以后泪流满面，不思茶饭，无法入睡。见到这样的情景，八王爷请命去找六郎，他对真宗说：“如果臣找不到六郎，就马上召集藩镇的军马前来救驾。”真宗命令王全节、李明保护着八王爷杀出魏府，等到八王爷来到城外以后，两位将军又杀了回去。

八王爷带着赦旨直接来到无佞府见太君。看到八王爷亲自来请六郎以后，太君吩咐人把六郎从后园的地窖中找了出来。见到六郎以后，八王爷非常高兴。六郎决定先去寻找失散的三关旧部，八王爷则去调动藩镇的人马，二人约定一起到魏府去解围。八王爷走后，六郎也辞别了母亲前往三关去寻找以前的旧部。走了几天以后，六郎决定先到邓州寻找焦赞，但是没找到。当六郎走到锦江口时，听见一群僧人抱怨着走过。他上前去打听原因。原来是一个癫汉要和尚们为自己死去的上级超度，从和尚们的描述中六郎猜出这个人可能就是焦赞。在和尚们的带领下，六郎来到了这个人的住处，一看果然是焦赞。二人见面以后，六郎把真宗赦免了他们的消息告诉了焦赞，焦赞听完非常高兴。第二天，二人在去三关的途中路过汝州，六郎到太守府拜见了张济，对当日的救命之恩表示感谢。离开汝州以后，六郎和焦赞接着向三关的方向出发，一路上二人互诉衷肠，不知不觉间到了杨家渡，当时正好是中午，渡口没有船只。六郎让焦赞去找船只，来到上游以后，焦赞发现了船只，但是船夫却说船是杨太保的，要用船得去问他。在船夫的指引下，焦赞找到了杨太保，他和一些人正在赌钱，这些人见焦赞相貌古怪，并且称呼又不礼貌，就没理他。这下子惹火了焦赞，他把这群人暴打了一顿，那个叫杨太保的人向后面走去了。见到六郎的时候焦赞的怒气还没有消完，六郎责备他又惹了祸。正在这个时候，那些人拿着长枪短棒追了过来，焦赞提刀赶了上去，把那群人杀得四散奔逃。杨太保冲上前截住了焦赞，两个人大战了好几个回合也没分出胜负。六郎急忙令他们停手，然后询问杨太保的名字，又把自己渡河到三关去召集旧部救驾的事说了一遍。杨太保很早就知道了六郎的威名，能够见到六郎他十分高兴。他报出了自己名叫杨继宗，号太保。杨太保邀请六郎和焦赞到他的庄上住一晚，第二天再送他们过河。

到了第二天，杨太保亲自将六郎和焦赞送过河，到达对岸以后，二人和杨太保告别，然后继续赶路去三关。走了没几天，两个人来到了三关附近。当时已经是四月，六郎和焦赞走得口渴了，焦赞前去买酒，却没找到酒家。看到一群人挑着酒肉经过,他就想要买。那些人告诉他这些酒肉是祭杨六将军神的,杨六将军保佑他们风调雨顺,诸事顺利。今天又是赛会的日子,因此特意前去拜谢。听完以后,焦赞马上回去把这件事告诉了六郎。然后,二人一同前去看看到底是怎么一回事。走了几里路以后,果然看到一座宏伟高大的庙宇,进入庙中,六郎看到中间是自己的塑像,两边是十八员指挥使的塑像。台阶前的纸灰堆积如山。焦赞上前把自己的塑像推倒了,接着又推倒了六郎的塑像,看守寺庙的人急忙敲响了锣鼓,刘超、张盖率领二百多人赶到这里,他们见到六郎以后很吃惊。六郎就把自己诈死以及朝廷下旨赦免了三关将士和救驾的事又说了一遍。刘超、张盖听了很高兴,他们把六郎和焦赞带回虎山寨设宴款待。酒席散了以后,六郎和焦赞又前往太行山去寻找岳胜。走了一天以后,天渐渐黑了下来,由于前面的路大多是深山峡谷,因此人烟稀少,六郎决定先找户人家借宿一晚。进村以后,他们发现只有一家还亮着灯,这户人家的主人是位老汉,二人说明来意以后,老汉留他们住下。老汉询问六郎去哪里,六郎回答要去太行山,老汉对他说:“我和太行山的人有不共戴天之仇。”原来孟良听说老汉有一个美貌的女儿,就要强行夺走,今天晚上就来娶亲。六郎告诉老汉不用担心,自己能救他的女儿。就这样,六郎和焦赞吃完饭以后来到房外等候孟良。将近二更天的时候,忽然锣鼓喧天,灯火通明,有人来报说孟良大王到了。孟良进屋后要见新娘子,不料焦赞从外面走了进来死死地抱住了他,六郎又出来见他,弄得孟良又惊又羞。当天夜里众人在老汉家中一直喝到天亮，六郎率领众人前往太行山找岳胜，他派人去找刘超、张盖，同时又派人到胜山寨找陈林、柴敢一起到太行山聚集。这样昔日三关的二十二员指挥使和八万精兵都来到了太行山。聚齐众将以后，六郎派人到京城通知八王爷约定起兵的日期，又派人告知杨太保在半路上会合。

任务分派完毕以后，六郎就扯起杨家的大旗，在上面书写“杨六郎兴兵救驾”，响炮以后人马从太行山出发，只见援军队伍的刀枪似麻林，剑戟似麦穗。在中途杨太保的人马又加入了队伍。队伍行进了几日以后，遇到了八王爷率领的十万援军。当天，军队驻扎在澶州。为了挫辽国人的锐气，六郎派岳胜为先锋，带领五千人去冲杀一阵。他又命令孟良、焦赞率领着其他的指挥使，各自领兵二万从左右两面夹攻辽军，自己则带领着军队在后面冲杀。第二天，岳胜正带领军队快速进军的时候，突然发现了辽国的一队人马，他催马杀入了辽军的队伍中，辽将刘珂打不过岳胜逃跑了，宋军截获了一辆囚车，囚车中的人竟然是呼延赞。当年要不是呼延赞救了六郎，今天六郎怎么能救了他呢！这可能就是轮回报应的结果吧。六郎下令军队日夜兼程赶往魏府。这时魏府的城中粮草已经断绝了，只能杀马充饥。辽国接到王钦的情报以后加紧攻城。刘珂败回来以后告诉萧天右宋军的救兵抢走了呼延赞。萧天左急忙派人去打听，哨兵回来以后报告说这支军队打着杨六郎的旗帜，兵将十分勇猛。由于前一次宋军假扮六郎和三关将士吓走了辽军，因此，这次萧天左并没有完全相信这件事，但是以防万一，他命令各营寨整顿军队准备迎敌。

萧天左还没分派完任务，岳胜的人马就风驰电掣般地赶到了。耶律庆挺枪来迎战岳胜，交战了几个回合以后，辽军包围了过来。正在这时孟良和焦赞从左右两面杀了过来，辽将麻哩喇虎手拿方天戟来迎战孟良。两军交战了几个回合以后，陈林、柴敢又率领着精兵从旁边杀了出来。这样，两军混战在了一起，顿时战鼓大作，号角齐鸣。焦赞杀得十分起劲，他手持朴刀在辽国军队的阵营中横冲直撞，如入无人之境。正好焦赞遇到了刘珂，只交战了一个回合，刘珂就被焦赞砍于马下。宋军万骑进发，万弩齐发，但是辽国的军队仍然坚守不退。萧天左奋勇应战，杨太保挥舞着大刀迎敌。六郎带领着大部队从后面追杀了过来，辽军大败，萧天左败走，杨太保把萧天左射下了马，土金秀看到以后，杀过来救下了萧天左。耶律庆被岳胜一刀砍为两段。麻哩喇虎被刘超、张盖用绊马索绊倒以后被宋军活擒。师盖来救麻哩喇虎的时候被郎千、郎万活擒。孟良一直杀到东门下，王全节和李明在敌楼上看到两军交战知道救兵到了，开门杀出了城。辽军大败，被宋军踩踏死以及射死的辽军不计其数，宋军夺得了大量的帐篷、马匹、军械和旗帜。

六郎进城以后向真宗赔罪，真宗赦免了他以前的罪行。六郎禀奏说：“陛下，我们可以趁辽国失败的机会直接杀到幽州城下，夺取萧太后的国土，永远消除边境的隐患。”但是，真宗认为被围困了这么久，将士已经疲惫了，等回到朝中以后再商量进军的事也不晚。第二天，真宗命代州节度使杨光美留守魏府，其他人班师回京城。回到京城以后，因为文武大臣被困在魏府很久了，又都为朝廷操心尽力，真宗分别对他们给予不同的奖励。真宗对六郎的奖赏最丰厚，他命令三关仍然由六郎镇守，并下旨封六郎为三关总管兼节度使。为了方便六郎处理突发情况，真宗又给了六郎一道自行斩杀不用请示朝廷的圣旨。谢恩以后，六郎和岳胜等人骑上战马带领军队向佳山进军。到了三关以后，六郎下令修复了以前的营寨，又把岳胜等人分为十二个营寨，各自带领自己的部下准备好兵器和盔甲等待命令。从此以后，三关又恢复了往日的威名。

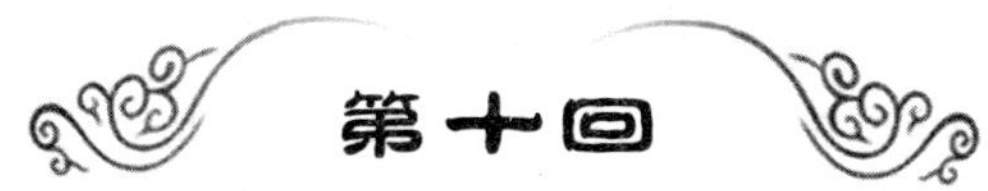

第十回 椿精受命助大辽 六郎观阵下三关

自从萧天左战败以后，萧太后日夜担心宋朝会派兵前来讨伐，这一天，她和群臣一起商议如何防止宋军北伐。韩延寿认为辽国的将帅都已经老了，应该贴出榜文招募有能力的豪杰，重新选拔元帅。于是，萧太后写下了招贤的榜文张贴在午门。

人间烽烟正起，而在此时蓬莱山中的汉钟离和吕洞宾两位仙长正在下棋。汉钟离说："世上的人如果不好色，即使不能益寿延年，也可以防止生病。"吕洞宾说："人们都是欲望的产物，哪一个不好色？只有少数的高人才能做到不好色。"汉钟离又说："世上迷恋酒的人也很多，难道说人们也是酒的产物吗？"洞宾辩称说："酒能够帮助人们活血化瘀，但是不能喝得太多。弟子曾经听说过在酒中得道，在花里成仙的事，酒色也是有一定用处的。如果人们能适度地利用酒色，是能做成一些事情的。"汉钟离笑着说："我知道了，这就是你为什么要戏白牡丹并在岳阳楼醉酒的原因。"吕洞宾突然觉得自己说错话了，因此不再和汉钟离争辩。这时候，南北一道杀气冲上了云霄，众位仙童看到以后非常惊讶，就问汉钟离这预示着什么。汉钟离告诉他们说:“这是因为南朝的龙祖和北朝的龙母在领兵作战,所以杀气冲上了云霄。这股杀气已经持续两年之久了,龙祖是上天派遣到人间的君主,而龙母则是逃生在辽国,横霸一隅的逆妖。龙母不安分守己,想违抗天意,兴兵侵犯中原的国土,使黎民百姓遭殃,不久以后她就会被龙祖消灭掉。”众位仙童认为汉钟离可以下凡收回龙母,为百姓除去祸害。汉钟离则说:“这是天意,也是天下万物和老百姓的劫数,这绝不是偶然的。只能顺其自然,不能为了成就自己的功劳而违抗天意。”说完以后就到丹房去炼丹了。汉钟离走后,吕洞宾心想:汉钟离师父笑话我是一个酒色之徒,我想要和他争辩,他又是我的师父。我不妨显示一下本领,帮助龙母战胜龙祖,看到时候师父还怎么说。想到这里,吕洞宾找来了碧萝山的万年椿树精,他吩咐椿树精仔细阅读六甲天书的下卷,掌握其中排兵布阵、迷魂术和妖怪迷惑人的方法。然后到幽州去揭萧太后的招贤榜,带领辽国军队灭掉宋朝,这样就能升入神仙的行列了。椿树精认为自己善于厮杀,但是却不懂兵书中的奥妙。吕洞宾叫他只管去揭榜,到时候自己会出面帮助他。

辞别了吕洞宾,椿树精变化成人形以后来到了幽州城外,他慢慢走到了午门的前面,看见四方的勇士都聚集在这里看榜文,但是却没有一个人敢揭榜文。椿树精大喝一声上前揭了榜,人们都回头看他,只见他的脸像墨水一样黑,两个眼珠仿佛一对火球,身高一丈开外,两条胳膊上的青筋凸了起来。守军看到椿树精揭了榜文以后,就把他领到萧太后的面前。太后见了他以后大吃一惊，暗想：世上还有长得这么怪异的人？她问椿树精："你是哪里的人，有什么本事？"椿树精回答说："我叫椿岩，是碧萝山的人。小人十八般武艺样样精通。"萧太后听后十分高兴，和大臣们商议封椿岩什么官职。萧天左建议说："太后，这个人刚刚到辽国，还不知道他到底有什么本事。您可以先暂时封他一个官职，等到以后他立了功，再加封他重要的官职。"萧太后听从了萧天左的意见，封椿岩为幽州团营都统使。椿岩谢恩以后退了出去。

再说说宋朝这边，自从在魏府被围困以后，真宗常常想对辽国进行报复。这一天，他召集了大臣们进行商议，八王爷说："陛下，您已经统一了中原，而幽州只不过是弹丸之地，很容易就能得到手。况且士兵自从被围困以后，还没有得到好的休养，因此臣认为过一段时间再进行讨伐也不晚。但是，大将军王全节却禀奏说："臣认为这正是讨伐辽国的好机会，圣驾被围困在魏府时，我军并没有什么重大伤亡，而辽国却损失了很多人马。臣这里有一个攻破幽州的方法，请陛下您调动澶州、雄州和山后的三路人马，臣再率领一路人马从京城出发，四路大军同时进发，这样一定能夺下幽州城。"复仇心切的真宗听从了王全节的意见，他派使者带着圣旨到三处去调兵。然后又封王全节为南北招讨使，李明为副招讨使，命他们带领十万军队杀向幽州。王全节接旨以后大军离开了京城，几天以后，三军来到了九龙谷，并在那里扎下了营寨。

辽国的探马日夜兼程回到幽州向帅府禀告了宋朝发兵

的消息。大臣又把这件事禀告了萧太后，萧太后暗自吃惊：没想到宋朝这么快就发兵来讨伐了。她急忙问大臣们谁敢领兵去迎敌。椿岩进谏说："太后，您不用着急，臣可以推荐一个人，这个人能像风卷残云一样在一瞬间就杀退宋军。他就是我的师父吕客。师父在行兵打仗方面要胜过吕望，在擒敌方面则赛过轩辕。并且他有泣鬼惊神的智慧，呼风唤雨的能力。"萧太后立刻召见了吕客。她见吕客形貌怪异，认为他一定是个奇才，于是向他讨教与宋朝抗衡的方法。吕客声称在他的帮助下，萧太后转眼间就能获得宋朝的国土。接着，他献上了自己的计策：先请来五国人马助阵，这样才能战胜宋朝。这五个国家有辽西的鲜卑国，向鲜卑国的国王耶凡庆借五万兵马，可以首先送给他一些黄金和丝帛，耶凡庆是一个见利忘义的人，他一定会发兵相助；派使臣到黑水国，告诉黑水国的国王，等灭了宋朝以后把西羌的土地可让给他，让他派出五万羌兵助阵；派人拿着官印到森罗国，下旨把官印赏赐给国王孟天熊，让他派五万军兵帮助大辽；派人到西夏，对西夏国王黄柯环说明宋朝的军队很厉害，向他讲述唇亡齿寒的道理，让他也出兵五万前来相助；最后派人到流沙国向萧霍王借五万军兵。等借来五国的兵马以后，自己按照兵法调遣的方法摆下七十二座天门阵。天门阵能使人心惊胆寒，到时候谁还敢和辽国为敌？萧太后听说以后很高兴，当时就封吕客为辅国军师，兼任北都内外军马的正使。

按照吕军师的建议，辽国的使臣带着黄金和丝帛到五个国家去借兵。五个国家的国王得到赏赐的黄金和丝帛都非常高兴，鲜卑国派黑鞑令公马荣为元帅，森罗国派亢金龙太子做元帅，黑水国的国王差遣铁头黑太岁作为元帅，西夏则派黄琼女做元帅，每个国家都派遣了五万精兵帮助辽国。几天以后，各国的军队在幽州城外聚齐了。近臣禀告萧太后五国的兵马已经到齐了，萧太后询问吕军师如何调遣五国的人马。吕军师认为这次战斗非同一般，因此他请萧太后再召来云州的耶律休哥和蔚州的萧挞懒等人，并调集辽国所有的兵马供自己调遣。萧太后准许了他的奏请，下旨调回了云、蔚二州的军队，又任命鞑靼令公、韩延寿等人为监军都部署，率领五十五万精兵，听从吕军师的调遣。韩延寿领旨以后来到教场操练军队。过了几天以后，云、蔚二州的兵马也到了。吕军师让韩延寿率领辽国的军兵先赶往九龙谷，他自己带领五国的人马随后就到。

韩延寿遵令领兵来到九龙谷扎下营寨，第二天吕军师率军来到九龙谷。进入大帐以后，吕军师对诸位将军说："我要在三月初三摆阵，任何人都要听从命令，违令者斩首，决不轻饶。"然后，吕军师拿出一张纸来，在上面画了一幅图，交给了中营的主旗，让他带领五千军兵到离九龙谷半里的空旷地带按照图纸建造起七十二座将台，另外再建筑五座坛，按照方向竖起蓝色、黄色、红色、白色、黑色的旗帜。还要在内部修建七十二条用于往来的通道，修建完这些东西以后马上禀告。过了几天，将台和坛就都建造完了，中营主旗回来报告了吕军师。吕军师亲自视察了一番以后，决定在第二天摆下天门阵。

第二天，响了三通鼓以后，吕军师升帐，各营的军马整齐地列在帐外。吕军师命令鲜卑国的黑鞑令公马荣带领本国的军兵在九龙谷的正面布下铁门金锁阵，由一万人手持长枪把守七座将台，号称铁门，一万士兵手拿强弓铁箭守卫七座将台，号称铁栓，另外一万军队手持利剑看守七座将台，号称铁棍。马令公得到命令以后，按照吩咐率领军队在九龙谷的正面摆下阵势。接着吕军师又派黑水国的铁头太岁带领本国的军队在九龙谷的左面排下青龙阵，首先分出一万人手拿黑色的旗帜守住七座将台，称作龙须。又把一万军队分成四部分，手拿宝剑看守七座将台，称为龙爪。最后又分出一万人马摆成龙鳞的形状，铁头太岁按照命令率军队去排摆阵形。然后，吕军师命令流沙国的苏河庆带领部下在九龙谷的右面摆下白虎阵。一万军兵手拿宝剑守住七座将台，称为虎牙。一万军兵手拿短枪看守七座将台，号称虎爪。吕军师还命令耶律休哥带领一万人在九龙谷的前面布下阵形看守六座将台，号称朱雀阵。耶律奚底率领一万士兵守卫九龙谷后面的六座将台，围绕着左右两面的大阵，形成犄角之势。苏河庆等人领命以后率军开始排阵。

按照吕军师的吩咐，森罗国的金龙太子带兵守卫中间的将台，并且金龙太子还假扮成玉皇大帝亲自镇守通明殿。董夫人则扮成梨山老母，率领一万穿着蓝色、黄色、红色、白色、黑色衣服的士兵站立在中将台的周围，这些士兵被称为二十八星宿。土金牛装作玄天大帝，他率领一万手拿黑色旗帜的士兵排成乌龟和蛇的形状，把守天门阵的北面。金龙太子等

五国军队齐聚天门阵

人领命以后带兵去布阵。西夏国的黄琼女率领士兵手持宝剑站在旗的右侧，称为太阴星。只要一交战，黄琼女就赤身裸体出阵，手拿着骷髅，放声大哭，这样就能变成月孛凶星了。萧挞懒则带领身穿红袍的士兵站在旗的左侧，号称太阳星。耶律沙把军兵排列成一字长蛇阵巡视四方。黄琼女等人也领命去布阵。萧太后的女儿单阳公主率领五千身穿五色袈裟的士兵摆成迷魂阵，辽军从民间捉拿七个怀孕的妇女倒立着埋在旗下，等到交战的时候，挥动旗帜，就能收摄敌人的魂魄。单阳公主领兵按照吕军师的方法开始布阵。最后，耶律呐带领五百名自称为西天雷隐寺神佛的僧侣以及五百名称为阿罗汉的僧侣排列在迷魂阵的左右以及七十二座天门阵的前面。耶律呐同样按照命令带人去布阵了。这样，七十二座天门阵就排摆完毕了。吕军师命令椿岩和韩延寿督促军队出战，每座阵都看红旗撤退、前进或迎战。七十二座天门阵变化莫测，白天阵中凄风冷雨，晚间则鬼哭神嚎，真不愧是一座仙家大阵。

七十二座天门阵摆完以后，椿岩和韩延寿经过商量决定让宋军观阵。商议完毕以后，就派人给宋营送去了战书，王全节写了回文。第二天，他带领着李明等人来到九龙谷的空旷地带列下了队伍，只见九龙谷的北面有一座大阵，像山一样隐隐约约的，仿佛突然生出来的一样。王全节不认识这是什么阵，为了不损伤军队，他没有出战，领兵回到了营中。王全节把阵图画了下来，派人连夜送到京城，向真宗奏明这件事。真宗看完以后，又让文武群臣观看阵图，但是没有人能说出这是什么阵。寇准禀奏说:“陛下您可以把杨六郎从三关找回来,可能他认得这座阵。”使臣到三关宣诏以后,六郎留下陈林、柴敢守卫三关,自己和孟良、焦赞等二十员指挥使带领三军回到京城。把军队驻扎在城外以后,六郎入城拜见真宗,看完阵图以后,他决定亲自去观阵。回到无佞府见过太君以后,六郎率军来到了九龙谷。稍作休息以后,第二天六郎亲自出马观阵。他发现这座大阵好像八门金锁阵,却又多出了六十四门。好像是迷魂阵,却还有玉皇殿。这个阵这么复杂,无法攻打。收兵回营以后,六郎告知大家自己也不认识这座阵,与王全节商量以后,六郎决定奏请真宗御驾亲征。

真宗听说连六郎都不认识这座阵以后,决定答应众将的请求御驾亲征。他命令寇准为监国,呼延赞为保驾将军,八王爷为监军。同时派使臣到边镇调取人马前往九龙谷助战。几天以后,真宗带领大军来到了九龙谷,他决定亲自去观阵。听到这个消息以后,萧天左请萧太后也到军前来为士兵鼓舞士气。等真宗观阵的时候,萧太后也出现在辽国的阵前,两国君主舌战了一阵以后,分别收兵回营。六郎认为自己的母亲可能认识这是什么阵,真宗下旨让呼延赞连夜回到京城把太君接到阵前。呼延赞带着圣旨直接到无佞府见太君,太君同意去观阵。第二天出发的时候,太君叮嘱柴郡主如果宗保问起自己的行踪,不要说自己去九龙谷了。嘱托完以后,太君和呼延赞直奔幽州而来。

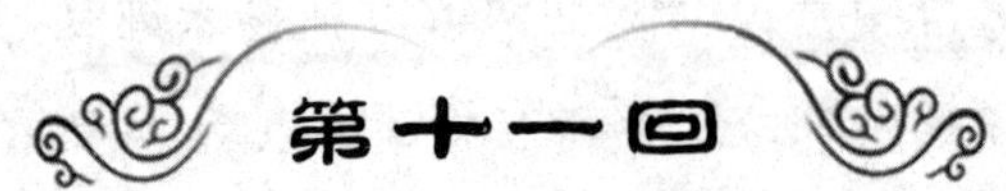

第十一回

宗保得书识敌阵 孟良求发救六郎

老太君和呼延赞出发的时候，杨宗保正在打猎。忽然，家丁跑来告诉他使臣来请太君到九龙谷观阵。宗保听说以后急忙打马回到了府中，见到柴郡主以后宗保问："太君到哪里去了？"柴郡主按照吩咐撒谎说太君到宫中和娘娘商量事情去了。宗保笑着说："母亲，你在骗孩儿。"说完以后，他跳上马到城里去打探太君的消息。通过打听守卫北门的士兵，宗保确定太君和使臣到幽州的御营去了。

得到太君的具体行踪以后，宗保直接骑马出城在后面追赶。一路打听下来，人们都说太君已经过去了。宗保继续追赶，不知不觉天渐渐黑了下来。由于宗保不认识路，他走到了一处偏僻的地方，两边树木茂密，人烟稀少。宗保大吃了一惊，刚要转身走出去，却发现由于树木茂密，道路狭窄，光线昏暗，自己已经分辨不出方向了。就在宗保惊慌失措的时候，他忽然看到前面透出了一丝灯光。宗保心想：有灯光的地方一定有人家。他追寻着灯光向前走去，看到了一座类似庙宇一样的房子。拴好马匹以后，宗保来到门前敲了几下门。屋中传出了脚步声，门被打开了，来人把宗保带到屋中。

宗保看到这是一间宽敞明亮的房间，房间的中央是一个巍然坐着的女人，美丽的侍者垂手站立在两旁。看完以后，宗保急忙在台阶下鞠躬施礼说："夫人，打扰了。请允许我在这里休息一夜。"那个女人问道："你是什么人，为什么会来到我家？"宗保把自己追赶到军前观阵的太君的事情说了一遍。听完了以后，女人心中暗想：老太君一个凡人哪里知道仙家大阵的奥秘，即使到了军中也没用。想到这里，女人对宗保说："走了这么久的路，你一定又渴又饿了。来人哪，快拿出些吃喝的东西。"按照女人的吩咐，侍者拿出了美酒、红桃和肉包子。谢过女人以后，宗保狼吞虎咽地吃了起来，不一会儿，他就把所有的东西都吃了。等宗保吃完以后，女人拿出一部兵书交给了他，然后对他说："我在这里已经住了四百多年了，但是从没有人见过我。我和你有很深的机缘，这才让我和你在今天晚上见面。"说完以后，女人把兵书中的内容逐一指点给宗保。原来女人给宗保吃的都是仙丹，因此他顿时变得更加机敏，经过女人稍加指点，他就完全掌握了兵书的全部内容。女人又告诉宗保把兵书的下卷学好，里面有帮助宋军破阵的方法。宗保听后急忙拜谢了女人。天亮以后，女人吩咐侍者给宗保指明道路。宗保辞别了女人以后和侍者来到了外面，走了几步以后，侍者告诉宗保从这里再走十里路就是九龙谷了。说完以后，侍者突然不见了。宗保在马上感到又吃惊又怀疑，走出密林以后，果然看到了一条宽阔的大道，他问路旁的村民这里是什么地方，有没有人居住。村民告诉他这里是红垒山，里面并没有人居住。但是传说原来里面住着一个擎天娘娘，如今她的庙宇已经破败了，只有地基仍然还在。宗保听完以后，心中默默地想：这真是上天赐予的奇缘啊。

先不说宗保如何在后面追赶太君，再说一下太君和呼延赞。他们来到九龙谷以后直接进入御帐拜见真宗，真宗就把不认识辽国阵图的事对她说了一遍。太君说："臣妾曾经得到家夫传授的几卷兵书，但是不知道有没有这个阵。臣妾可以到阵前去看一看。"第二天，太君和六郎一起登上将台瞭望辽国的大阵，只见阵中兵器隐约可见，杀气腾腾，只要红旗一摇动，阵形就发生变化。太君告诉六郎自己没见过这个阵。说完以后，太君又拿出兵书来对照，也没找到这个阵。太君对六郎说："就是你爹还活着，恐怕也不认识这个阵。"六郎问道："母亲，我该怎么办呢？"太君说："如果我们杨家人都不认识这个阵，其他人就更不可能认识了。我们先回军营吧。"观完阵以后，太君和六郎等人回到了军营中。

就在六郎忧愁烦恼的时候，有人禀告说宗保来了。六郎大怒说道："这是打仗的地方，他来干什么。"刚说完，宗保走了进来，他对父亲说明了来意，并暗示自己可以破阵。太君命令岳胜等人保护着宗保到将台去观阵。宗保在将台上左顾右盼了一遍，然后对岳胜说："这个阵虽然排得很巧妙，但是仍然有漏洞，我能破了它。"岳胜询问宗保是怎么认识这座阵的，宗保笑而不答。众人下了将台以后回到营中，岳胜告诉六郎说宗保非常了解这座阵，并且说破阵并不难。六郎却认为宗保在说孩子话，不能相信。宗保对太君说："我在来的路上遇到了神人的指点，她把破阵的兵书传授给了我。刚才观阵的时候，我发现这座阵留有破绽，可以攻破。这座大阵叫做天门阵，一共由七十二座小阵组成，每一座都是按照名字把守的，从九龙谷的东北开始，一直到达谷的西南面。左面黑旗的下面阴雾沉沉，是摄人魂魄的地方，在旗的下面埋着孕妇。能够制造祸害的只有这一个地方，并且这里很难攻破。这座阵的漏洞是玉皇殿前缺少了四十九盏天灯，青龙阵上缺少了九曲黄河，白虎阵上缺少了两面作为虎眼的金锣和两面作为虎耳朵的黄旗，玄武阵上缺少两面日月皂罗旗。这几处就是可以攻打的破绽，如果能按照兵法正确地调动军队，我们一定会轻而易举地攻破天门阵。”太君听完以后十分高兴，六郎则摸着宗保的头说：“是圣上的洪福让你得到这样的奇遇的。”第二天，六郎来到御营拜见真宗，并说出了阵的名字及可以攻打的地方。真宗听说以后很高兴，他命六郎马上带人攻阵。六郎回禀说他要先和宗保商议一下。从御营出来以后，六郎找宗保商议破阵的事。宗保认为辽军是在丙申日布下的天门阵，取的是干支相克的意思。因此，宋军应在干支相生的日子出兵破阵。六郎同意他的想法，下令众将等待时机出战。老贼王钦听六郎说天门阵有破绽以后，就派自己的心腹连夜到辽军的营中把这件事告诉了韩延寿。韩延寿得到消息以后大吃一惊，他急忙向萧太后禀告了这件事。萧太后急忙问吕军师为什么他要在阵中留下破绽。吕军师心中暗想：宋军居然识破了天门阵的漏洞，这说明对方的军营中也有高手。想到这里他辩解道：“太后，并不是我不想排周全，因为我认为宋军没人认识这座阵，所以才故意这么做的。现在对方已经看破了这座阵，那就把不周全的地方全部都补齐，这样即使神仙下凡也破不了天门阵。”吕军师下令在玉皇阵上点起四十九盏红灯，在青龙阵上布置起九曲黄河，在白虎阵内的左右两边竖起两面黄旗，在中间摆着两面金鼓，在玄武阵上插上日月皂罗旗。这样天门阵就排摆得毫无破绽了。此时，它已经像铁桶一样坚不可摧。宋军并没有觉察到天门阵的变化，他们正在准备破阵。选定破阵的日期以后，宗保再次带领岳胜等人来到将台上观看，突然他发现原来天门阵不周全的地方全都填补好了，现在已经没有任何破绽可以攻打。看到这种情况，宗保大叫一声跌倒在将台上。岳胜等人大吃一惊，急忙把宗保扶回到帐中，六郎听说以后赶到了帐中。宗保说：“天门阵已经排摆得无懈可击，除非神仙下凡，不然无法破阵。”六郎听完以后就晕倒了，众人把他救了起来，但是他仍然昏迷不醒。太君放声大哭起来，宗保建议太君请来八王爷商量一下该怎么办。太君停止了哭泣，派人把八王爷请到营中。八王爷知道六郎得了急病以后，就向真宗禀奏了这件事，他建议真宗贴出招募名医的榜文，找人医治六郎。

再说说蓬莱仙境中的汉钟离，他看到吕洞宾有时候来有时候去，并且神情恍惚。等到吕洞宾出去以后，汉钟离拨开云雾进行观看，他发现吕洞宾降临到辽国，还为萧太后摆下了一座天门阵，帮助她消灭大宋。汉钟离慨叹道：这个畜生，脾气怎么这么大呀！以前他因为生气斩杀了黄龙，现在又因为我说出他的过错，就生气而去帮助辽国灭大宋，用这件事来堵我的嘴。我不能袖手旁观，听任这个畜生灭掉宋朝的君主，犯下天条。想到这里，汉钟离变化以后降临到宋朝的军营，看到招募名医的榜文以后，他直接走过去揭了下来。军校禀告了真宗，真宗宣汉钟离进见，先询问他的姓名和住处。汉钟离称自己居住在来逢庄，名叫钟汉，自己半生都信奉道学。因为听说杨将军得了疾病，所以前来看病。真宗看他仪表堂堂，心中暗想：这个人一定能医治六郎。于是他命钟道士去看六郎的病症。过了一会，有人禀奏真宗说钟道士能治六郎的病，只是需要两种特殊的药。真宗询问是哪两种药，钟道士回答说："是龙祖颌下的胡须和龙母的头发。陛下您自己有龙祖的胡须，但是龙母的头发得向萧太后要。"真宗认为正是两国相争的时候，怎么能要来萧太后的头发呢？钟道士提醒真宗可以下密旨从六郎的部下中选出智勇双全的人到辽国去设法拿到萧太后的头发。

八王爷接到真宗的密旨，来到六郎的营中和太君一起商量这件事。太君接到圣旨以后把岳胜找到帐中，把真宗下密旨派人到辽军营中取萧太后的头发的事告诉了他。太君对岳胜说："我忽然想起来有一个得到萧太后头发的捷径，听说萧太后招四郎做了自己的女婿，要是有一个机密的人和四郎联系上，一定能得到头发。"岳胜认为孟良能胜任。于是，太君把孟良找了进来，把要做的事情告诉了他，孟良爽快地答应了。当天晚上，孟良又问钟道士需要多少头发，钟道士回答多少都可以。他吩咐孟良还要做另外两件事：萧太后的御马厩中有一匹白奇骥，把它偷出来给宗保骑。御苑中有九眼琉璃井，辽国人从井中取来水放到青龙阵上的九曲黄河中。把中间那眼用沙石填充，龙被污染以后，井水就干枯了。辽军没有地方取水，这座阵就好破了。孟良按照命令偷偷绕过辽国的军营前往幽州，没想到焦赞从后面跟了上来，孟良怎么劝焦赞都不肯回去，只好带着他一起走。

到了幽州城以后，二人在客店中住了下来。第二天，孟良要到驸马府中去打探消息，他吩咐焦赞待在店中，不要出去，以免被人认出来耽误正事。孟良打扮成辽国人的模样，进到驸马府中见到了四郎，把六郎生病需要萧太后头发的事说了一遍。四郎告诉孟良有人监视驸马府，不能留他住在这里。他要孟良先到外面住下，自己想办法要太后的头发，让孟良几天以后再来取。孟良听从吩咐再次回到店中歇息。当天夜里四郎辗转反侧不能入睡，忽然他想到一个计策。睡着睡着四郎大喊心痛，公主急忙找来御医进行治疗，但是毫无效果，反而疼得更厉害了。公主关切地询问："驸马，你是新得了疾病，还是旧病复发了？"四郎假装很痛苦地说："这是我以前在战场上厮杀时落下的病根。只要把龙发烧成灰喝了就能治病，但是在这里找不到龙发。或许太后的头发可以代替。"公主听说以后马上派人到阵前去向萧太后要龙发，萧太后剪下了一撮头发交给来人。那个人连夜回到幽州，把头发交到驸马府中。四郎假装把一些头发烧成灰喝了，疼痛马上就止住了，公主看到以后很高兴。第二天，四郎把剩下的头发交给了孟良。孟良直接回到客店中，他让焦赞马上把头发送回去，自己办完了事随后就到。就这样，焦赞带着头发连夜回到九龙谷。

当晚，孟良偷偷溜进御苑，看到真有九眼琉璃井，他把粪土和沙石填到中间的那眼井中，完事后转身离开。孟良走到一座寺院的门口坐下，一直坐到天亮。天亮以后，孟良来到马厩看马，看到一个辽国人正在喂马，他就用辽语对那个人说萧太后下旨让自己把马牵出教场训练，省得明天骑出去和宋军对阵的时候耽误事。喂马的人要看圣旨，孟良就把江海送给他的假圣旨拿了出来，那个人看到印信是真的，就把马交给了孟良。孟良骑着马走出了教场，在外面走了一阵。将近天黑的时候，他骑着马直接跑向九龙谷。等到辽国人发现的时候，孟良已经走出五十里路了。

孟良向钟道士交令，并说明自己已经完成了三件事。真宗剪下自己的胡须交给钟道士，由他把龙须和龙发混合在一起烧成灰，用酒调和了以后给六郎灌了下去。一会工夫，六郎就醒了，并且仍像以前那样健康。真宗见钟道士治好了六郎的病，要加封他官爵。钟道士不愿意接受官职，表示要帮助六郎破了天门阵。真宗大喜，封钟道士为辅国扶运正军师，军营中所有的将士一律听钟道士的调遣。

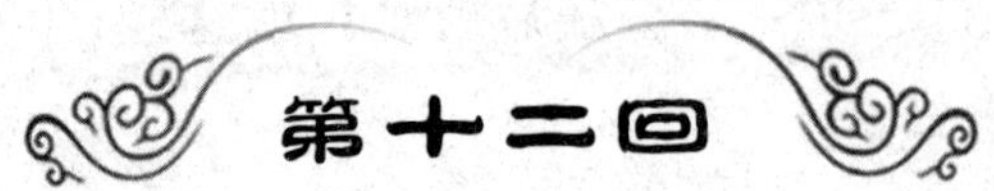

第十二回

宗保桂英结良缘　宋将齐聚天门阵

钟道士领旨谢恩以后来见六郎，六郎急忙拜谢救命之恩，又叫宗保拜钟道士为师。宗保参拜完以后，钟道士说："军营中的人马稀少，不足以派遣，很难战胜敌人。必须派人再去调遣人马。"宗保说："无论调遣哪里人马，只要师父吩咐就行。"钟道士派呼延赞到太行山招金头马氏带领自己的人马到御营听候使用，派焦赞回无佞府找来八姐、九妹和柴郡主前来助阵，令岳胜到汾州口外洪都庄调回大将王贵到御营听候调遣，最后命令孟良到五台山召五郎带五百僧兵前来帮忙。吩咐完以后，呼延赞等人都按照命令出发了。不说别的人如何去调兵，先说一下孟良。走了没几天，孟良就来到了五台山，见到五郎以后，他把破天门阵的事说了一遍，话语中流露出要五郎帮忙的意思。五郎对他说："自从上次在澶州救了六郎以后，我就一心皈依佛教，现在自己已经了却了尘缘，哪能再去打仗？为什么你总来缠着我？"孟良说："这次和我无关，是上级的军命，不敢不来。希望五爷您看在六郎为了朝廷的事兢兢业业的份上，能再帮他一次。"五郎心想：萧天左和萧天右是两个逆龙精，我已经杀了萧天右，萧天左还在。这个孽障和萧天右不一样,只有穆柯寨的降龙木才能制服他。想到这里,他告诉孟良如果能得到穆柯寨的降龙木,自己马上就下山,如果得不到降龙木,自己去不去都没什么意义。孟良答应五郎去求降龙木,五郎则开始准备下山。

五郎说的这个穆柯寨位于辽宋两国的边境,穆柯寨的寨主叫穆羽,号称穆天王。穆羽的女儿叫穆金花,又叫穆桂英。穆桂英曾经受过高人的指点,她的武艺十分高强,并且她擅长使用弓箭和飞刀,能做到百发百中。这一天,穆桂英和手下的喽兵在寨外打猎,她见到一只鸟飞过,就拉开弓射了一支箭,鸟应声而落,但是没落在穆桂英面前,却落在了孟良的前面。孟良捡起来就走,还没走几步就有四五个喽兵赶了过来,他们大声叫嚷说:"好好把鸟还给我们,就饶你一死。"听到这些话以后,孟良站在原地不走了。喽兵们前来抓孟良,却被孟良一顿拳打脚踢,喽兵们抱头鼠窜,急忙回去报告了穆桂英。穆桂英和喽兵们在后面追赶孟良,孟良听到后面有吵嚷的声音,知道是众贼追来了,于是抽出大刀,站立着等待他们。一会儿,穆桂英到了近前,孟良并不说话,举刀来战,穆桂英则用宝剑迎敌。两个人连着斗了几十个回合,孟良看到喽兵围了过来,恐怕被他们伤到,扭身就逃跑了。穆桂英和孟良交战以后,发现他刀法很娴熟,以为他是诈败,因此也不追他,只是和喽兵们退到隘口守候。孟良见自己进退不得,只好央求喽兵,自己把鸟还回,他们把通道放开。喽兵们却说:"要想从穆柯寨路过必须交出买路钱,要是没有买路钱,别说一天,就是一年也过不去。"孟良听说以后心想:我本来是向她来借降龙木的，看这样子我是得不到降龙木了。无奈之下，他把金盔作为买路钱摘下交给了喽兵。穆桂英得到买路钱后，就打开路放孟良过去了。

孟良急忙赶回军营见六郎，把五郎要降龙木做斧柄和用金盔买路的事说了一遍。六郎认为穆桂英十分可恨，宗保请命和孟良一起去借降龙木。六郎担心宗保不是穆桂英的对手，宗保却认为自己能够随机应变，六郎完全可以放心。当天，宗保和孟良就带领两千军兵到穆柯寨外摇旗呐喊，穆桂英听说以后，披挂整齐，带着喽兵，敲着战鼓来到寨外。见面以后，宗保客气地对穆桂英说："姑娘，听说穆柯寨的后面有两根降龙木，我想要一根去做斧柄，等到破了天门阵以后一定送来礼物表示酬谢。"穆桂英却说："只要你胜过我手中的大刀，不要说是一根降龙木，两根都可以送给你。"听到这些话，宗保对孟良说："这个泼妇如此出言不逊，等我捉住了她，自己去砍降龙木，何必恳求她呢。"于是，宗保挺枪直奔穆桂英，桂英则举刀迎战。战了几十个回合以后，桂英假装战败，宗保不知道中计了，拍马在后面紧追，桂英突然回头箭射宗保的战马，宗保落马，被穆桂英活擒了。孟良等人在后面追赶去救宗保，但是寨中的人又射箭又扔石头，宋军不能靠近。孟良对军兵说："我们不能退走，一定要想出办法把小将军救出来。"

这边穆桂英把杨宗保捉回寨以后，命人紧紧地把他捆了起来。宗保大声喊道："要杀就杀，何必要用这种苦刑呢。"穆桂英看他长得眉清目秀，唇红齿白，说起话来言辞激烈，心中

宗保落马

暗自思索:要是能嫁给这样的人,也就没白活了一回。于是,穆桂英偷偷让喽兵把婚姻的事告诉宗保。喽兵对宗保说了这件事,宗保想了半天:我想要她的降龙木,今天如果不答应婚事,就会死在这里。倒不如答应了她,这样可以解救国家的危急。想到这里,宗保对喽兵说自己应下这门亲事了。喽兵把宗保同意婚事的消息告诉了桂英,桂英十分高兴,她亲自解开了宗保的绑绳,又命令喽兵摆下酒宴款待他,两个人坐下来对着欢饮了起来。酒喝到一半的时候,忽然听见外面响起了喊杀声,喽兵进来报告说宋军攻打得很紧。宗保认为既然他和桂英已经有了婚约,应该让自己的部下也知道这件事。于是,穆桂英让喽兵打开寨门,并把自己和宗保定亲的事告诉宋军,然后放孟良一个人进来相见。孟良见到二人以后,说军情十分紧急,杨宗保应该尽早回到军营,穆桂英表示一定不会耽误事情的。第二天,宗保和桂英依依不舍地分别。宗保又提起降龙木的事,桂英说自己会亲自送到军营中。最后,宗保告诉桂英如果自己有难向她求助,希望她不要推辞。桂英点头答应了。

宗保带领军队回到营中,见到六郎以后就把自己与穆桂英交战,穆桂英用暗箭伤了自己的马,自己被生擒活捉,穆桂英不但没有杀自己,还强迫自己和她成亲,逼于无奈,自己只好答应的事讲述了一遍。六郎问是否得到了降龙木,宗保告诉父亲没得到降龙木,桂英说自己会亲自送来。六郎听完以后大怒,要把宗保绑上推出去杀头。太君知道以后急忙来求情,她认为宗保虽然犯了军法,按罪应当杀头,但是现在是破阵的紧要关头，不如让他戴罪立功。六郎对宗保说："要不是奶奶出来求情救你，我绝不会饶了你。先把你关押在军营中，等破了阵以后再治你的罪。"孟良赶忙跪下求情说："请将军息怒。小将军也是被逼无奈才这么做的。被抓以后，他就成了任人宰割的羔羊，只有受人摆布。况且我们还想要人家的降龙木，在那种情况下想不答应都不行。请放了小将军吧。"六郎没答应他的请求，把宗保关押了起来。六郎之所以把宗保关起来，就是怕他贪恋新婚不用心破阵。第二天，孟良偷偷看望了关押中的宗保，并把钟道士说他有二十天血光之灾的事告诉了他。孟良认为宗保被关押证明了钟道士的话。宗保请求孟良去找穆桂英，让她带来降龙木帮助自己早日解脱囚禁之苦。按照宗保的嘱托，孟良第二天就到穆柯寨找穆桂英，他把宗保因为临阵招妻被关起来的事告诉了穆桂英，并请求穆桂英带着降龙木前往宋营帮助六郎破天门阵。听完以后，穆桂英对孟良说："既然我和宗保已经结为夫妻，那么我们就是一体的。如今丈夫被囚禁了起来，哪有妻子坐视不管的道理。你回去告诉杨元帅，如果他不放人，我就带兵去攻打宋营救出宗保。"孟良听了这些话以后十分诧异，他决定先住在穆柯寨，想个办法把穆桂英调到军前。得到穆桂英的允许以后，孟良住在了穆柯寨。当天晚上二更天的时候，孟良在寨子里放起了火，由于当时正是九月份，天气干燥，大火迅速地着了起来，瞬时间烟雾弥漫。为把穆桂英逼到军前，孟良趁乱又把穆柯寨的家眷杀了一半，然后到后山砍了降龙木到五台山去找杨五郎。救完火以后，喽兵发现这一切都是孟良做的。穆桂英大怒,率领喽兵前去攻打宋军。走到半路的时候,有个喽兵提醒桂英,孟良这样做是为了逼她降宋,因为只要归降了大宋,就既可以缔结与宗保的良缘,又可以为国立功,是一件两全其美的事。桂英觉得有道理,于是带领喽兵又回到寨子,把寨中的财物装在大车中,然后打着穆柯寨的旗号前往宋营。

宋军看到穆柯寨的旗号以后马上告诉了六郎。六郎听说以后非常生气,心想:这个女人真可恨,又来勾引我儿子了,我一定要杀了她,以免留下祸患。于是他亲自披挂出阵。见到穆桂英以后,六郎并没有报出自己的名字,他张口就骂穆桂英是贱人。穆桂英听完以后很生气,自己是前来归降的,这个人怎么这样不讲道理,见面就骂人。因此,桂英也没说什么,手拿大刀和六郎战在了一起。战了几十个回合以后仍然没有分出胜负,桂英再次假装战败,拨马就跑,六郎从后面追了上来,桂英回头用箭射伤了六郎,六郎被生擒活捉了。因为当时孟良这些人都不在营中,所以没有人来救六郎。桂英决定先把这个人押回自己的山寨。走到半路的时候,正遇到五郎和孟良带领着僧兵赶来了,看到六郎被擒,孟良感到十分奇怪,忙向他打听原因,六郎因为羞愧没有回答。看到这样的情况,桂英急忙问孟良六郎是什么人,当从孟良的口中得知这个人就是自己的公公以后,桂英忙解开了六郎的绑绳并道歉,六郎最终接纳了这个儿媳妇。然后众人兵合一处回到了九龙谷,六郎放出宗保和桂英相见,桂英又拜见了太君,太君十分高兴。当晚军营中摆下酒席进行庆祝。酒喝到一半的时候，军兵禀告说各路人马都到齐了。刚说完，王贵、金头马氏、八姐、九妹等人就进入了帐中。大家相见以后，继续喝酒，尽欢而散。

人马到齐以后，六郎和宗保商量破阵的事，宗保认为破阵要选择一个好日子，两天以后就是破阵的好时机。宗保还决定第二天还要再次带领众将观阵。第二天，宗保骑着萧太后的白马来观阵，萧天左认出了马，于是大吼了一声，宗保听见以后从马上掉了下来，大家急忙把他送回了营中。六郎听说以后很失望，他认为一声大叫就把宗保吓成这个样子，他怎么能破得了天门阵啊。钟道士给宗保喝了一碗药，救醒了他。钟道士仿佛猜到了六郎的想法，他对六郎解释了宗保落马的原因，因为宗保年幼，还没有满丁，只要皇上筑坛拜宗保，对他委以重任，并且再赐给他一岁，使他成为成年人，宗保就能领兵破天门阵了。按照钟道士的建议，真宗筑坛拜帅，封宗保为天霸王、征辽破阵大元帅，同时赐给宗保一岁，使他成为成年人。八王爷等人又送了宗保一岁，这样宗保就能真正领兵破阵了。破阵的前一个晚上，为了进一步了解天门阵，为破阵做好准备，宗保派焦赞先去查看一下。要进天门阵一定要有萧太后的旨意，宋军大将江海的父亲曾经为萧太后掌管过印玺，他偷着留下了印的模型。孟良到辽国去要萧太后的头发用的印信就是江海根据模型制造的，这次江海又给焦赞一封带着印信的假旨意，这样焦赞就能顺利观阵了。来到天门阵以后，孟良首先观看铁门金锁阵，只见在马荣的带领下，辽军把阵守得跟铁桶一般。接着他来到了铁头太岁看守的青龙阵，看到阵中道路错综复杂，四周又传来阵阵的锣鼓声，令人心中十分恐惧。然后他来到苏河庆镇守的白虎阵，走着走着由于慌乱，焦赞进入了太阴阵。他看到很多女人赤身裸体地围在台下，阴气森森，不知不觉间就感觉到头晕目眩，心神恍惚。焦赞再也没心思观看了，他从别的阵绕了出来回到九龙谷。由于他身上带着带有萧太后印信的假旨意，因此顺利通过了各阵。

见到宗保以后，焦赞把阵中的情景说了一遍。钟道士认为太阴阵最难破，只要先破了这个阵，其他的就容易了。因为太阴阵是月孛星，交战的时候，那些女人一哭，对方的将军就会昏迷坠下马。宗保询问师父谁能破这个阵，钟道士说金头马氏可以。于是，宗保派金头马氏带领三万人去攻打太阴阵，又派姑姑杨八姐在阵外接应金头马氏。派遣完兵将以后，宗保和师父钟道士一同到将台上观看。

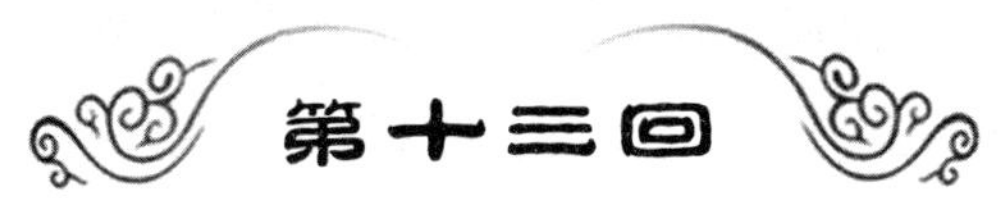

第十三回

师徒二仙互斗法　宗保大破天门阵

按照事先的安排，金头马氏带兵来打太阴阵。黄琼女听说以后赤身裸体出来迎战。马氏看到以后，破口大骂："你是西夏国王的亲生女儿，带兵帮助他人，还要受制于人，真是没用。如今你还不知羞耻，居然一丝不挂地出来作战，还耀武扬威的，你以后还有脸去见家人吗?"黄琼女被骂得羞愧难当骑马跑回阵里去了，马氏看见阵里杀气腾腾，也没追赶，和八姐的兵会合以后回到了宋营。这边黄琼女回到自己的帐中，要不是刚刚被马氏大骂了一通，她还没觉得有什么不对的。黄琼女心中暗想：人家说得很有道理，我来这里帮忙助阵，他们却让我赤身裸体出战，真是羞死人了。想当年由邓令公做媒，父亲把我许配给了杨令公的儿子杨六郎，后来邓令公死了以后，这门亲事就断了。听说现在六郎也在军中，不如我带着自己的军队离开辽国，投降宋朝，帮助他们破阵，洗雪我现在遭受的耻辱，说不定还能和六郎再续前缘呢。于是她写了一封密信，派心腹把这封信送到了马氏的营中。马氏把这封信交给了太君，看到这封信以后，太君忽然想起来自己把这件事给忘了，当年邓令公确实为六郎提过这门亲事。于是太君找来了六郎，把黄琼女写来书信要助宋朝破天门阵并想缔结昔日婚约的事说了一遍。六郎认为现在正在打仗，哪有工夫谈论儿女私情，等战争结束以后再说吧。太君劝六郎说：“你这样说就不对了，她主要是奔着你来的，你要是迟迟不肯答应，就怕她起疑心，时间拖得太久了，她就不会来投降了。你想一想，如果她能投降，太阴阵就可以不攻自破，这样可以减少很多伤亡。还有她是一员大将，可以帮助你破其他的阵，这对朝廷早日结束战事是非常有利的。依我看，这是一举两得的好事，你应该答应。”六郎答应了母亲，写了一封回信，和黄琼女约定时间里应外合，一举打破太阴阵，然后两个人可以在军营中完婚。

接到回信以后，黄琼女带领部下做好了准备。第二天，在天快要黑了的时候，黄琼女听到阵外响起了呐喊声，她知道是马氏率军来打阵了，于是带领部下杀出阵来。巡阵的黑先锋听到喊声赶了过来，正好遇到马氏，只交战了一个回合，黑先锋就被马氏砍了。辽军顿时乱作一团，等萧天左、韩延寿赶到的时候，黄琼女已经和马氏兵合一处杀回九龙谷了。回到营中以后，马氏把黄琼女引见给了太君。太君又找来六郎与黄琼女见面，众将士一起向他们两个人祝贺。

既然太阴阵已经破了，六郎和钟道士商议再破哪一个阵。钟道士认为铁门金锁阵是天门阵的咽喉，应该先破它，然后再破青龙阵。宗保请教师父应该派什么人去破这两座阵，钟道士建议派穆桂英攻打铁锁金门阵，派柴郡主攻打青龙阵。宗保说：“桂英倒是没什么问题，但是我的母亲怀有身孕,不适合作战。”钟道士对宗保说正好可以利用柴郡主怀有身孕这一个优势压住阵里的邪气。宗保又把破阵的方法分别教给了柴郡主和穆桂英,然后两个人各自带领三万人马去破阵。先说说桂英怎样破铁锁金门阵:她把三万士兵分成三部分,其中的一万人手持火箭和火炮,等两军交战的时候向辽军万箭齐发,掩护进攻的士兵。还有一万人从九龙谷的北面发动进攻,打破铁锁金门阵以后再绕到青龙阵的后面去支援柴郡主,剩下的一万人由桂英率领着发起对铁锁金门阵的进攻。在桂英的带领下,士兵们呐喊着开始进攻。马荣听到声音以后离开将台和桂英交战,两个人大战二十几个回合不分胜负,桂英手下的军兵奋力攻打各个通道,守卫铁门的辽国将士前来迎战,按照事先的安排,手持炮箭的一万宋军万箭齐发,铁门军损失惨重。看到这样的情况,守卫铁棍和铁栓的辽军也来支援,两军混战的时候,桂英越战越勇,她举刀砍死了马荣。宋军趁机猛攻,顺利地破了铁锁金门阵。这边柴郡主带领三万士兵来到青龙阵,她吩咐孟良带领一万士兵攻打九曲黄河,自己则率领剩下的士兵攻打龙头,然后绕到青龙阵的后面和穆桂英会合。吩咐完毕以后,柴郡主开始攻打龙头,铁头太岁带兵来迎战。交战了几个回合以后,忽然孟良从龙腹杀了出来,辽国军队顿时大乱。柴郡主趁机督促大军加紧进攻,守卫龙须和龙爪的辽军杀了出来助阵,柴郡主和孟良奋力抵抗。快要到中午的时候,由于用力过度,柴郡主动了胎气,她坠落马下后生下了一个孩子。铁头太岁催马前来捉拿柴郡主。正在这个时候穆桂英拍马像一阵风一样赶了过来,迎住了铁头太岁,并和他交战了几个回合。由于柴郡主生孩子产生了血腥的气味,铁头太岁被腥气冲昏了头脑,不能全力作战,掉转马头走了。穆桂英抛出飞刀击中了铁头太岁,他变成一道金光飞上了天。桂英把柴郡主扶上了马,她把孩子放在自己的怀里,然后跳上战马冲杀了出去,宋军又成功地破了青龙阵。桂英得胜回营以后把破阵的经过以及郡主顺利生下孩子的事说了一遍,大家都很高兴,六郎派人把柴郡主安排到后营休息。韩延寿等人知道宋军破了三座阵以后十分着急,找来椿岩商量接下来应该怎么做,椿岩安慰他们不要着急,因为宋军是没有办法破迷魂阵的。韩延寿认为宋军也有能人异士帮忙,他提醒椿岩要小心提防。

宋军虽然打破了辽国的三座大阵,但仍然没有放松对辽军动向的监控。宋军的探子报告宗保说守卫天门阵的辽军加紧了防范。宗保认为不管辽军怎么变化,只要按照顺序攻打就能破了天门阵。他派人请来钟道士商议下一步应该派遣谁去破哪座阵,钟道士建议宗保派六郎去攻打白虎阵,等破了这座阵以后,再根据情况决定下一步要破的阵。第二天,六郎带领三千精兵攻打白虎阵,顿时白虎阵前响起了一片呐喊声,椿岩摇动红旗指挥阵主苏河庆出战。苏河庆和六郎交战了二十几个回合,诈败把六郎引到了阵眼,随着铜锣的响起以及黄旗的摇动,阵形突然间变成了八卦阵,霸贞公主率军围了过来。由于阵中的道路错综复杂,六郎在匆忙间找不到出路,只好带着军兵胡乱冲撞,正在这个时候,苏河庆率领士兵又杀了回来，夫妻二人把六郎紧紧围困住了。败逃回来的宋军把消息告诉了宗保，宗保这才想起来还没破掉白虎阵的耳朵和眼睛，他急忙又派焦赞带领三千军兵攻进白虎阵去打碎两面铜锣，使白虎阵失去眼睛成为瞎子。同时他吩咐黄琼女从右边攻入白虎阵，把阵中的两面黄旗砍倒，让白虎阵失去耳朵成为聋子。最后，宗保告诉桂英带领一万人马从中间攻进白虎阵去救自己的父亲六郎。宗保带领岳胜、孟良等人在后面支援各路人马。焦赞听说六郎被围困以后大吼一声带领人马冲进了白虎阵，守卫虎眼的是辽军将领刘珂，看到有人前来攻阵，他忙从将台上走下来和焦赞作战，只打了一个回合，焦赞就一刀砍了刘珂。焦赞打碎铜锣以后继续冲杀，黄琼女从右面攻进阵以后遇到了张熙，琼女只用了一招就把张熙砍死了，然后她冲到旗下，举刀砍倒了两面黄旗。琼女和焦赞兵合一处向阵眼杀去。白虎阵的守将苏河庆在阵中遇到了穆桂英，两人交战了二个回合以后，苏河庆见自己不是桂英的对手，急忙拨马逃走，桂英在后面开弓放箭把他射落到马下，宋军把他乱刀砍死了。霸贞公主赶过来救苏河庆的时候被黄琼女用铜锤砸伤了后背，独自逃回了自己的国家。六郎在阵眼听到喊声以后知道援兵到了，于是奋力往外冲杀，冲到外面以后，宋军兵合一处，又破了白虎阵。

第二天升帐以后，宗保决定出兵攻打通明殿。他派遣太君、八姐、九妹率领三万人马攻打通明殿，他告诉太君一定要先抓住殿中的梨山老母。太君领命以后和八姐、九妹各自带领一万人前去攻打通明殿。宗保又命令老将军王贵率领一万人从正面攻打通明殿,从而救援太君等人。太君领兵呐喊着冲向了通明殿,椿岩摇动红旗通知守将董夫人。董夫人出马和太君交战,打了几个回合以后假装战败,拨马就走,太君等人在后面紧追,突然响起了一阵锣鼓声,辽军把太君她们困在了中间。王贵从中间攻入阵中支援太君,不幸的是韩延寿正好赶来,他开弓放箭射死了王贵。王贵带领的一万宋军被杀了一大半。逃出通明殿的军兵把这个消息告诉了宗保,宗保知道以后大吃一惊,他马上又派遣穆桂英带领五千士兵去救援太君,同时又命令杨七姐带人把通明殿的红灯打破,使辽军无法按信号调动指挥军队。穆英带领军兵冲进阵以后,正赶上八姐、九妹力战董夫人,她们两个人已经是只有招架的功夫,却没有还手的能力了。桂英急忙拉开弓箭射中董夫人的眼睛,董夫人当场死去。杨七姐顺利地捣毁了红灯,然后和太君会合杀入阵中,就这样通明殿也被攻破了。

宋军把王贵的尸体从阵中抢了回来,真宗安慰了王贵的夫人,又对王贵和他的家人进行了封赏,王贵的夫人谢恩以后带着王贵的尸体离开军营回洪都庄了。第二天,宗保和钟道士商议下一步要破哪个阵,钟道士认为迷魂阵最难破,应该先派五郎去打迷魂阵,只有他能破这座阵。宗保担心自己没有能力破吕军师的军营,钟道士承诺自己负责破吕军师的大营。听到这样的话以后,宗保放心了,他派人把五郎请到大帐中,请五郎带领头陀兵去破迷魂阵。五郎带领五千头陀兵直奔迷魂阵而来,萧天左前来迎战五郎,几个回合以后,萧天左诈败,把五郎引入阵中。单阳公主舞刀和五郎作战,两个回合以后，同样诈败，五郎率人在后面追赶，出来迎战的五百罗汉被头陀兵杀了一半。耶律呐看到宋军进阵以后，挥动手中的红旗，顿时阵内天昏地暗，鬼哭狼嚎的声音不绝于耳。头陀兵听了以后，头脑发胀，手脚瘫软，不能再前进了。五郎急忙念经止住了妖气，然后他带着人马退回军营。宗保见五郎回到营中以后才想起师父曾经教过自己破迷魂阵的方法，他派人到附近的村庄找到四十九个儿童，让这些儿童全副披挂，并且每个人手中都拿着几根杨树和柳树的枝条。宗保告诉五郎，如果遇到妖鬼出现，只要这些儿童用树枝打过去就能去除妖气。然后派人快点把埋在旗下的孕妇的尸体挖出来，这样就能破阵了。宗保又派孟良打入太阳阵，然后从阵的后面杀出来去支援五郎。五郎按照宗保的吩咐再次攻打迷魂阵，单阳公主还是用老办法把宋军引入阵内，但是这次由于五郎早有准备，因此很容易地破了迷魂阵中的妖法。耶律呐见情况不好想逃走，被从后面追赶的五郎砍死了。单阳公主被活擒，萧天左再次和五郎交战，五郎用降龙木打出了萧天左的原形，然后他用斧子把萧天左砍成两段。孟良杀进太阳阵，把守将萧挞懒砍成两段，然后带领军兵从阵后杀出，与五郎兵合一处破了迷魂阵。

破了迷魂阵以后，宗保继续派兵破其他的阵。他吩咐呼延赞装扮成玄坛去攻打玉皇殿，而孟良装扮成关元帅，焦赞扮成殷元帅，岳胜扮作赵元帅，张盖扮成温元帅，刘超装作马元帅，他们分别从左右两边攻打玉皇殿的北门。众位将士按照吩咐去破玉皇殿，金龙太子诈败把呼延赞引到阵里，孟良等人也杀入了阵中。然而将台旁边的珍珠白凉伞散发出阵阵杀气,宋军不能靠近。土金秀舞动真武旗以后,阵中突然暗了下来,岳胜分辨不出方向,被辽军捉住了。焦赞想要去救人,无奈辽军重重包围了过来,他没有办法打破重围,只好和呼延赞一起撤回到宋营。回到军营以后,众人发现除了岳胜被擒以外,孟良也不见了。呼延赞把攻阵的情况告诉了宗保。就在众人为孟良和岳胜担心的时候,两个人平安地回来了。原来是孟良假扮辽国人救下了岳胜。宗保对众位将官说:“阵中的四十九盏天灯和二十八宿将官是能变化的,必须用计策才能破阵。”说完以后,他命令再攻打玉皇殿的时候,孟良负责砍倒珍珠白凉伞,焦赞负责砍倒两面日月皂罗旗。分派完任务以后,宗保禀告六郎说:“只有皇上亲自出马才能彻底破了玉皇殿,白虎殿需要父亲您来攻打,青龙殿则要请八王爷去攻打,我带兵从中路杀入阵中。请把这件事禀奏给皇上。”六郎把宗保的请求禀告给了真宗,王钦看到宋军破了很多座阵以后,十分恼火,因此在暗中挑唆真宗不要亲自出阵,他说:“只要将士们卖命作战就能破阵了,陛下您没有必要冒着危险自己出战。”听了王钦的话以后,真宗犹豫了起来,八王爷进谏说:“大好河山是陛下您自己的,将士们拼死作战就是为了保住您的江山。在这决战的关键时刻,为了鼓舞士气,您应该亲自出战,宗保率兵保护您,一定会做到万无一失的。”听了八王爷的话以后,真宗决定出战。

宗保布置完任务以后,宋军将士第二次攻打玉皇殿。按照宗保的吩咐,孟良砍倒了珍珠白凉伞,焦赞砍断了两面日月皂罗旗，焦、孟二人又杀了前来应战的土金秀和土金牛。六郎率领军队射落了阵中的红灯，阵中的辽军马上陷入了混乱。孟良和焦赞把二十八星宿官全都杀死了，真宗则射死了金龙太子。宗保命人把火箭射向玉皇殿，顿时大火着了起来。君臣协力又破了玉皇殿。宗保下令趁势去破剩余的一些阵，孟良带人攻打朱雀阵，和耶律休哥战在了一起。刘超、张盖前来支援孟良，耶律休哥弃阵逃跑，孟良破了朱雀阵。焦赞负责破玄武阵，他大战辽将耶律奚底，交战了几十个回合以后，焦赞砍死了耶律奚底，辽军群龙无首，乱成了一团，焦赞趁机破了玄武阵。六郎攻打长蛇阵，守将耶律沙地逃走，被宗保截住，孟良、焦赞又杀了过来，耶律沙地拔剑自杀。

宗保又下令攻打吕军师的营寨。吕军师亲自带兵迎战，椿岩念了咒语以后，天忽然暗了下来，顿时狂风大作，飞沙走石，宋军都睁不开眼睛了。正在这时，钟道士把袍袖一挥，天马上又亮了起来。椿岩看见汉钟离以后变成一道金光逃走了，汉钟离对吕洞宾说："你小子太可恶了，就因为几句开玩笑的话，你居然怀恨在心，差点犯下弥天大罪。快和我一块回去吧，这里不适合我们，还是回到蓬莱仙境去享受吧。"于是，吕洞宾和汉钟离一起驾着五彩祥云飞走了。吕军师的大营被破以后，还有萧太后大营周围的七个仙姑阵和四个天王阵没有破，宗保命令八姐、九妹、桂英、太君、杨七姐、金头马氏、黄琼女去攻打仙姑阵，这些人破了七座仙姑阵以后，杀了辽国的鞑靼令公等守阵的将官。在宗保的吩咐下，五郎、岳胜、孟良、焦赞去攻打四座天王阵，五郎他们杀死了守阵的辽将耶律尚等人，顺利地破了最后这四座阵。韩延寿看到大势已去，就和耶律学古等人保护着萧太后从山的后面逃回辽国。六郎率军前来追赶，韩延寿回马和焦赞作战，由于心慌意乱，他被焦赞活擒了。趁着韩延寿和宋军交战的机会，耶律学古保护着萧太后从偏僻的小路逃回了幽州。六郎没追到萧太后，就带领士兵回到军营。宗保下令杀了韩延寿。在记录将士的功劳时，宗保忽然想起了钟道士，他向士兵打听以后才知道原来钟道士是汉钟离。

真宗下令班师回朝，回到京城以后，真宗重赏了破阵的将士。五郎回到五台山，六郎仍然负责镇守三关，宗保则留在京城任职。自这以后的一段时间内，辽国没有主动挑起两国之间的争端，边境的人民享受着难得的和平。

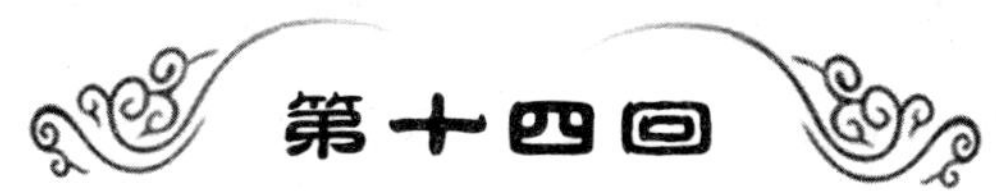

第十四回

卧底巧献假降计 宋臣被困飞虎谷

这一天，王钦下朝回到府中以后，心中十分惆怅。他想：我在宋朝隐藏了这么多年，却没有给萧太后立下任何功劳，该怎么办才能报答萧太后呢。忽然间，老贼想出了一个计策。第二天上朝的时候，他对真宗谎称自己愿意请一道圣旨到辽国去，让辽国写下降书，从而彻底消除边境的隐患。真宗认为王钦是一心为国的忠臣，于是给了他圣旨并派武军校尉周福带领一万人护送他到辽国去。在路上王钦询问周福一共有几条路可以到达辽国。周福回答说："一共有两条路，一条路经过黄河，另一条路要路过三关。"老贼心中暗想：要是从三关经过，六郎恨透了我，他手握生杀大权，一定会杀了我。我还是过黄河到辽国去吧。想到这里，老贼对周福说："刚才走得太匆忙，我把文书落下了，现在回去拿，你不用等我，先带着军队赶路吧。"周福并没有怀疑王钦在撒谎，带着军兵先走了。王钦直奔黄河而来，到了太原以后，他让太原知府用官船把自己送过了黄河，然后就向着幽州走去了。

八王爷把王钦要路过三关去辽国的消息告诉了六郎，由于王钦多次设计陷害六郎，八王爷这样做是想利用六郎的斩杀自由权除掉王钦这个奸贼，让六郎为自己雪恨，为国除奸。得到消息以后，三关负责巡逻的士兵就开始严密监视是否有大队人马经过。当周福带领人马快要走到三关的时候，六郎手下的士兵把周福当做王钦抓了起来。等把人带到六郎面前才发现抓错了人，六郎询问周福为什么王钦没和他在一起，周福就把王钦落下了公文回去取并让自己先出发的事说了一遍。六郎笑着对周福说："你上了老贼的当了，他用了金蝉脱壳的计策。一定是他事先听到了什么风声，知道我要捉他，因此从黄河逃走了。"六郎放了周福，又设酒宴款待了他，第二天把他送过了三关。

这边老贼王钦到了幽州以后急忙来见萧太后，萧太后因为他在中原隐藏了这么多年却没立下任何功劳要杀了他。耶律学古等人为王钦求情以后，萧太后饶了他。王钦向萧太后献上了自己的妙计：萧太后假意答应臣服于宋朝，但是提出王钦官职太小，不能担当这样的大任。请宋朝君主派来十大朝臣商议辽国归降的具体细节，到时候在飞虎谷设下埋伏困住这些大臣，要求宋朝割让一半国土作为释放这些重臣的条件。等得到了这一半领土以后再发兵攻打宋朝，宋朝的国土就全部归辽国了。萧太后认为这个办法可行，她按照王钦的意思写了一份文书让他带回去交给真宗。辞别萧太后以后，王钦离开幽州，日夜兼程赶往汴京城。在半路上王钦遇到了从三关赶来的周福，他就把萧太后愿意投降的事说了一遍，周福听说以后很高兴，保护着王钦渡过黄河回到京城。

几天以后，王钦回到了汴京城。他向真宗禀告说萧太后愿意投降，但是要十大朝臣前去商议完以后才能签订降书。真宗听到这个消息后非常高兴，他下旨让朝中的大臣到飞虎谷去接受辽国的投降，马上出发，不得耽误时间。寇准、柴玉等人聚集在八王爷的府中商议这件事，寇准认为这是老贼王钦陷害朝中大臣的奸计。柴玉则认为既然皇上下了圣旨，无论如何都得去。八王爷却不担心被王钦陷害，他提醒大家这次去飞虎谷要经过六郎镇守的三关，到时候可以向六郎借兵保护大臣们。听了八王爷的话以后大家都放心了。第二天八王爷带领着大臣们辞别了真宗，然后他们带着圣旨离开汴京，直接向三关走去。八王爷派人先去通知六郎。六郎让孟良、焦赞带兵在路上迎接八王爷和其他朝臣。八王爷他们刚到三关就遇见了孟良和焦赞，在三关士兵的保护下，大臣们安全地来到了三关。六郎摆下酒宴接待众位大臣，在酒宴上八王爷就把真宗听信王钦的谗言，派十大朝臣到飞虎谷接受辽国投降的事对六郎说了一遍，同时他又向六郎提出了借兵的请求。六郎说："前些天王钦去辽国的时候，我想趁机杀了他永绝后患，没想到这个奸贼竟然用金蝉脱壳之计渡过黄河去了辽国，让他捡了一条命。既然这次辽国又要使用诡计，我一定会全力协助你们的。"八王爷听完以后非常高兴，他对六郎说："有你保护我们，我们就什么都不怕了。"酒宴散了以后，六郎找来了孟良、焦赞、岳胜等二十几个三关指挥使，吩咐他们小心保护大臣们。同时为了预防万一，六郎还教给了这些指挥使们一个妙计：每个人挑着一个箱子，把盔甲藏在里面。另外每人带着一个竹筒，用于盛放兵器。遇到辽国人盘问的时候就说远道而来，恐怕水土不服，就用竹筒装了一些水。孟良等人按照六郎的吩咐做好了准备。

第二天，八王爷辞别了六郎，他和大臣们离开三关赶往飞虎谷。在经过九龙谷的时候，看到两边堆积如山的骨骸以后，八王爷心里很难过。得知宋朝大臣已经赶往飞虎谷的消息以后，萧太后派耶律学古带领一万精兵前去迎接。领旨以后，耶律学古在飞虎谷的北面扎下了大营，之后他又到谷中查看了一番。从谷中回来以后，学古吩咐谢留、张猛在飞虎谷东南面开阔的地方扎下营寨，然后布置酒宴等待宋朝的大臣们。学古安排完以后，有人禀报说宋朝的大臣们已经到了。耶律学古忙带人到谷口迎接八王爷等人，八王爷说："我们是来拿降书的，请你快点和我们交接吧。"学古却说："递交降书这样重要的事怎么能轻易就完成呢？等明天在酒宴上再商议吧。"八王爷答应了他的要求，宋军在飞虎谷的南面安下了营寨。回到营中以后，耶律学古想到了一条毒计，以助酒兴为名，派一个擅长舞剑的人在宴席上刺杀宋朝的大臣。他吩咐谢留和张猛做好行刺的准备，然后他又命令韩君弼率领一万精兵堵住谷口，不能放走一个宋朝的大臣。安排好以后，学古派人到宋营下书，告诉宋朝的大臣们明天在酒宴上当面商量写降书的事，并要求大臣们赴宴的时候不能携带任何兵器。寇准大骂："王钦这个老贼真狠毒，他这是想要我们的命。要不是六郎暗中派兵相助,恐怕我们都得死于非命。”

到了赴宴的时候,耶律学古亲自在帐外迎接,他看到宋朝的大臣既没带领军兵又没携带武器以后心中暗自欣喜。进入大帐以后,八王爷又提起降书的事,耶律学古却认为自己能和这么多宋朝大臣聚在一起是一件很难得的事,他提议大家先痛痛快快地喝几杯酒,尽兴以后再商量写降书的事也不晚。辽国人开始奏乐献酒。在酒宴上耶律学古故意找碴,他重新提起了柴玉和寇准在处理辽宋关系时做过的一些事,这两个人对他提的问题给予了有力的反驳。学古听了以后非常生气,因此当寇准再次提到降书的事时,学古回答说:“今天不谈论这件事。酒席太简单了,没有什么取乐的东西。我们这里有一个人很擅长舞剑,让他为大家舞一会剑来助兴。”他刚说完,按照昨天的安排,谢留来到席前挥动长剑舞了起来。看到这样的情景,孟良大怒,他大声说道:“一个人舞剑没意思,要两个人一起舞才好看。”话音刚落,他就手拿宝剑和谢留舞在了一起。耶律学古看到孟良这样勇猛,怕谢留不是他的对手,就以两个人对着舞剑有伤两国达成的和平盟约为由让他们改为比试射箭。谢留对孟良说:“骑马射箭太平常了,没什么意思。我们今天换一种比法,把人绑在柱子上,如果能躲过连续射过来的三支箭,就算赢了。”孟良心中暗笑,好一个奸贼,你这是想害死我呀,看我怎么收拾你。谢留又无耻地提出自己先射,孟良非常大度地答应了。孟良被绑在柱子上以后,谢留向后退了二百多步,然后张弓搭箭,他的第一箭射向孟良的嘴,被孟良用嘴咬住了。接着他把第二箭射向孟良的脖子，孟良一扭头又躲过了这支箭。看到连射两箭都没有射死孟良以后，谢留有点心慌意乱，第三箭射向了孟良的心口，没想到却射在了护心镜上，三箭过后，孟良安然无恙。这下轮到孟良射箭了，谢留自以为有本事能接住三支箭，于是命令人把自己也绑在了柱子上。孟良射第一箭的时候故意把一只坏了的箭射了出去，谢留心中暗想：这个人虽然很勇猛，但是射箭的功夫不是那么好。因此，谢留有点大意了，没想到孟良的第二支箭直接射向他的咽喉，谢留当场死掉了。

耶律学古大怒，他借这个理由让埋伏好的士兵冲进来捉拿宋朝的大臣。孟良等人忙从箱子和竹筒中取出盔甲和武器与辽军交战。耶律学古见宋朝大臣早有准备，就从大帐里撤了出来。孟良等人杀死了一大半骑兵，然后保护着朝臣来到谷口，却发现辽军已经封锁了谷口。岳胜率领大家拼命地冲杀，但辽军万箭齐发，任何人都不能接近谷口。看到这样的状况，八王爷十分惊恐。寇准建议先留在谷内，慢慢再想办法出去。八王爷肯定了寇准的说法，但是他认为这么多人被困在这里，内无粮草，外无救兵，时间长了大家会被困死在这里。孟良主动请命逃出包围去搬救兵，八王爷同意了他的要求，于是宋军停止攻打谷口。耶律学古害怕宋朝知道消息以后会派来援军，他请求萧太后亲自带领大军来围困飞虎谷。驸马木易主动请求担任保驾将军，萧太后大喜，她答应了木易的请求。就这样，木易率领来自女真、西番、沙陀以及

孟良箭射辽国大将军谢留

黑水的十五万大军,保护着萧太后来到飞虎谷。为了围困宋朝的大臣,萧太后命令耶律学古带领女真和西番的人马驻扎在飞虎谷的北面,驸马木易则带领沙陀和黑水的兵将在飞虎谷的南面扎下营寨。

这一天,木易忽然想起宋朝的大臣已经被困了很久了,要是他们断了粮草,一定会被饿死。想了很久以后,木易有了一个妙计,他给宋军写了一封信,在信中他告诉宋军明天中午辽国要从后山运二十车粮草,宋军可以截下这些粮草先解决燃眉之急。写完信以后,木易用响箭把信射到了宋营。孟良在营中巡查的时候捡到了这封信,他马上把信交给了八王爷。八王爷把信的内容告诉了大家,他命令孟良、焦赞、岳胜等二十几个人埋伏在后山去抢辽国的粮食,陈林、柴敢带着手下的士兵守卫营寨。第二天傍晚的时候,孟良等人杀死了辽国押运粮草的律轸宣儿,抢走了二十车粮草。八王爷认为虽然得到了二十车粮草,却只能维持一段时间。要是没有救兵前来解围,大家还是要死在这里的。孟良安慰八王爷说:“您不要担心,今天晚上我偷偷溜出谷去搬救兵。到时候一定要把这些辽狗杀得片甲不留。”八王爷嘱咐他路上要小心,不要被辽军发现了。当天晚上,孟良辞别八王爷以后溜出了飞虎谷,但是在经过辽军的南营时,他一不小心,被辽国巡逻的哨兵抓到了营中。木易认出了孟良,为了救孟良,他假装孟良是自己的家丁。木易指着孟良的鼻子骂道:“你这个狗奴才,要你回家去报信,怎么又回来了。”孟良听了以后，心领神会，回答说："天太晚了，奴才走错了路。又因为您告诉奴才少说话，奴才就没分辨，这些人就把我当做宋朝的奸细捉了回来。"木易又骂道："狗奴才，还不快滚。要是再耽误了事，小心你的狗命。"辽军士兵从两个人的对话中知道了孟良是驸马的家人，他们放开了孟良。孟良假装十分害怕的样子急急忙忙地走出了辽军的营寨，等远离了辽国的营寨以后，他松了一口气。孟良暗想：要不是四郎出手相救，自己的命早就没了。走着走着，孟良又想到了一个问题，要是到三关去找六郎发兵，必须先请示朝廷，这样会耽误事的。这里离五台山挺近的，可以先请五郎来解围。想到这里，孟良转身朝五台山走去。

五郎在寺门远远地就看见孟良打扮成辽国人的模样走了上来，他苦笑着说："我的冤家又来了。"孟良上前拜见了五郎，然后说："小将有一件急事请您帮忙，辽国用计把十大朝臣困在了飞虎谷，情况十分危急，希望您先带兵去救他们。我回到边关去搬请六将军。"五郎说："孟良啊孟良，你可真是我的冤家啊。我就知道你来不会有什么好事。念在八王爷对我们家有重恩的份上，我答应你了。"说完以后，五郎就点齐二千头陀兵出发了。孟良继续赶路回到三关，他把朝臣被困的消息告诉了六郎。六郎命孟良回京向真宗禀告这件事。孟良日夜兼程回到汴京城，把搬兵的文书献给了真宗。真宗听说大臣被困的消息以后大吃一惊，他下旨命杨宗保任兵马大元帅，孟良为先锋，发兵五万去解围。宗保回家向太君辞行，太君让八姐、九妹和宗保一起出征。这一天，宗保带着大军离开汴京城向飞虎谷进军。

几天以后，宋军来到飞虎谷。驸马木易听说以后，急忙把这个消息禀告给了萧太后。萧太后召集众将商议如何迎战宋军，耶律学古认为有四国的兵马在，不用畏惧宋军。萧太后命令他认真调兵遣将准备作战，不能再重蹈覆辙。耶律学古把四国的元帅召集在一起，他许诺在战斗中斩杀宋朝将军的人会得到太后的重赏。四位元帅听了以后，一致表示要把宋军杀得片甲不留。就在这时，有人禀告说宋军到了，耶律学古马上领兵出战。来到战场上以后，学古发现宋军的主将是一个和尚，原来是五郎领兵先到了。学古命胡杰出战，战了几个回合以后，胡杰不是五郎的对手，拨马逃走了。五郎在后面紧追，没想到王黑虎冲出来把头陀兵截成了两段，王必达又带兵从后面杀了过来，五郎和头陀兵被辽军包围了。就在这危急的时刻，宗保带着军队赶到了，他迎住了王必达，战了几个回合以后，王必达逃走，八姐领兵在后面追赶。逃到谷口以后，王必达被呼延赞活捉。沙陀国的陈深被孟良用大斧子砍了，九妹用红绒套索活擒了胡杰，头陀兵用刀砍断了王黑虎战马的脚，王黑虎落马被活擒。

四国的人马霎时间就土崩瓦解了，耶律学古和张猛保护着萧太后逃往幽州，宗保带领军队在后面紧紧追赶。就在萧太后等人拼命逃跑的时候，六郎的军队又截断了坡后的道路，萧太后看到这样的情况，十分绝望，拔出宝剑要自杀，耶律学古劝她说:“娘娘您不能死,我们仍有几万精兵,还有很多大将。幽州又近在咫尺,只要逃回去,我们就还有机会报仇雪恨。”听完以后,萧太后不再想自杀了,她在学古的保护下继续逃往幽州,张猛回马去拦截六郎,只战了一个回合,张猛就被六郎用枪刺死了。宗保和六郎把军队合在了一起,继续追杀辽军。这时,四郎骑马跑了过来,他让六郎诈败,让自己带领军队回到幽州城做内应。六郎答应了他的提议,假装战败,带领士兵到飞虎谷去救被困的大臣。

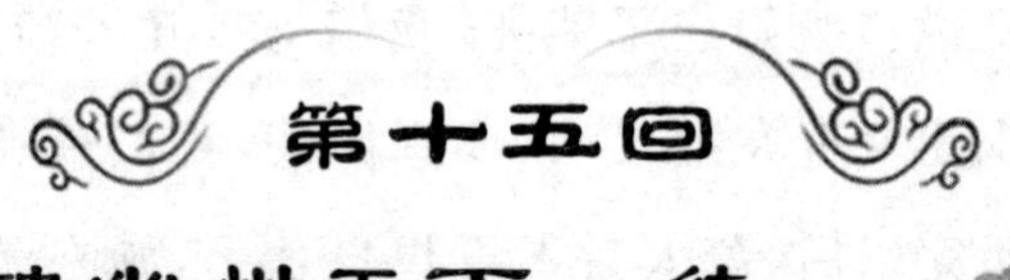

第十五回

破幽州天下一统　寿数尽王帅归西

六郎带领士兵来到飞虎谷解救大臣们，韩君弼听说这一消息以后解除了对飞虎谷的包围，带着辽军士兵逃走了。孟良用斧子把逃跑的韩君弼砍成了两段。岳胜、焦赞听到呐喊声知道援兵到了，他们就带着士兵从里面杀了出来。辽军大败，死伤无数。六郎拜见了众位朝臣以后，就在飞虎谷扎下了营寨。他命令记录每个人的功劳，然后又下令把俘获的辽军将领全部杀死。八王爷认为目前是彻底打败辽国，断绝边境隐患的最佳时机，他建议六郎马上进军包围幽州。六郎也觉得八王爷说的有道理，他派岳胜、孟良、焦赞带着军队先出发赶往幽州，八姐、九妹和宗保率领大军在后面跟随。

而萧太后虽然安全地逃回了幽州，但是因为担心宋军包围幽州，她的心中十分烦闷。耶律休哥安慰她说："娘娘你不必担忧，幽州兵精粮足。如果宋军真的包围了幽州，我们只要坚守城池就行。等到宋军耗尽了粮食撤退的时候，我们再出兵追击，一定会取得胜利。"萧太后说："我们屡战屡败，为了拯救全城的百姓，还不如现在就投降。"丞相张华认为为了维护辽国的威严，必须死战，绝不能投降。正在这个时候，驸马木易带领军队回到了幽州城，拜见了萧太后以后，他说："臣听说宋军打败了辽军以后，就带领士兵去救您的驾。臣和宋军的先锋官大战了一场以后才冲出重围，几个被打散的士兵告诉臣您已经回到了城中，于是臣又带着人马杀了回来。臣听说宋军要围困幽州，娘娘您要做好准备。"他刚说完，一个士兵进来禀报："太后，宋军已经包围了幽州，请您快点调兵进行守卫。"萧太后听说这个消息以后十分震惊，木易趁这个机会对萧太后说："请您不要担心，只要臣等用心抵御宋军，我们一定会胜利的。"萧太后听驸马木易这么说以后很高兴，她授权木易领兵抵御宋军，木易领命以后开始去准备。

木易走后，又有士兵前来禀告萧太后："城外有一支打着重阳女旗号的军队前来救驾，这些人已经杀退宋军，来到了城下。"萧太后带领辽国的大臣们来到城上观望，大家看到这支队伍打着"河东重阳女将军"的旗号，一位女将军正在宋军中来回冲杀。这位女将十分勇猛，她在宋军中冲杀如入无人之境。萧太后见到这样的情景以后心中暗自高兴，她急忙命人打开城门把重阳女放了进来。这个重阳女是北汉庄令公的孙女，因为她出生在重阳节这一天，所以就取名叫做重阳女。拜见了萧太后以后，重阳女说："我们本来是北汉的臣子，宋太宗兴兵灭了北汉，因此我们对宋朝充满了仇恨。我听说宋军包围了幽州城，就带领队伍前来帮助您，同时也可以报灭国的仇恨。"萧太后许诺如果重阳女帮助辽国灭了宋朝，她就把中原的一半国土分给重阳女。接着，萧太后又设宴款待了重阳女。在酒宴上驸马木易和重阳女商量好了一起出城作战。

第二天早晨，驸马木易命令上万户、下万户、乐信、乐义领兵出战。上万户按照命令领兵出城交战，他正好遇到了岳胜，交战了几个回合以后，下万户和乐信又带领军队从侧翼包抄了过来。岳胜停止交战，宋军退到了宽阔的地方。辽军趁势在后面追杀宋军，就在这个时候不可思议的事情发生了，跟在四人后面的重阳女突然举起大刀杀死了乐信，辽军顿时大乱，宋军趁机又杀了回来，乐义被岳胜砍成了两段，孟良杀了上万户，焦赞砍了下万户。经过这一阵的厮杀，辽军大败。重阳女掉转军队率先攻入幽州城，宋军在后面紧紧跟随。辽军将士对重阳女的举动感到十分奇怪，他们哪里知道重阳女帮助辽国是假，而暗中帮助宋朝是真。原来重阳女是六郎的未婚妻，因为战争的原因，他们中断了联系。后来重阳女听说六郎带领宋军包围了幽州城，她就想借这个机会和六郎再续前缘。重阳女领兵先到宋营寻找六郎，二人见面以后互诉了衷肠。重阳女说："郎君，我可以趁你们包围幽州这个机会，假装带兵去帮助萧太后，在幽州城中给你做个卧底，到时候我们里应外合，就能一举消灭辽国，立下显赫的功劳了。"六郎听她这么说非常高兴，他说："这真是个妙计，用你的这个办法，幽州城一定会被早日攻破。"商量完毕以后，重阳女带领自已的队伍假装和宋军交战，通过这个办法她骗得了萧太后的信任进入幽州城。在酒宴上，驸马木易，流落在辽国的杨四郎认出了重阳女，他心中暗想：这个女人和我的六弟定过亲，她怎么来帮助萧太后了。这里面一定有什么名堂,我一定要弄清楚是怎么回事。因为萧太后下令要木易帮助重阳女攻打宋军,因此他借故把重阳女请到了自己的帐中。木易问重阳女有什么办法能打败宋军,重阳女说:“等交战的时候,请驸马您先带领士兵从北门出去交战,我带着自己的手下从南门出去迎战宋军,这样就能战胜宋军了。”木易听完以后惊呼道:“要是按照你的方法做,幽州城就危险了。我是杨家的四郎,你就不用隐瞒实情了。”知道木易竟然是杨家的四郎以后,重阳女十分意外,她对四郎说:“我原来打算给六郎做个卧底,帮助他攻打幽州城。没想到在这里遇到了四哥您,这真是太好了。”四郎认为要想顺利地拿下幽州城,必须先想办法除掉辽军的几个勇将,就是上万户等人。因此,他告诉重阳女在第二天出战的时候跟在上万户等人的后面,找机会杀掉这几个人,然后再把宋军放进幽州城。重阳女按计行事,因此就出现了前面的一幕。

重阳女率领手下的士兵先冲入了幽州城,宋军也跟着涌入城中。霎时间,幽州城中喊杀声此起彼伏。萧太后听说宋军攻破幽州城以后在殿后上吊自尽,四郎骑马来到禁宫之中,他遇到了正在宫中奔走的妻子琼娥公主,就把自己是杨家四郎的实情告诉了她,他还请公主和自己一起回到宋朝。公主同意了四郎的请求,两个人开始收拾宫中值钱的东西,刚收拾完,四郎就看见耶律学古走进宫中,趁学古没防备,四郎一刀杀死了他。耶律休哥听说宋军攻破了幽州以后,就剃光头发扮成和尚逃出了幽州城。将近天黑的时候,六郎下令停止屠杀,他还命令宋军驻扎在东城,并禁止士兵拆毁民房和进行劫掠。辽国的两位太子和张华等四十九位文官以及三十六员武将被宋军活擒,六郎下令把这些人装在囚车中,等押送到京城以后再进行处置。四郎延朗向八王爷请罪,八王爷安慰他说:“要是没有你做内应,我们怎么能这么快就攻下幽州呢,我回去一定向皇上禀告这件事情,请求他给你加封官职。”四郎谢过了八王爷,六郎又建议八王爷贴出安民的告示,敦促辽国的其他郡县早日投降。于是,八王爷命令寇准写了安民告示,又派人把告示贴在幽州的四个城门上。辽国的其他郡县听说幽州被宋军占领的消息以后纷纷递上了降书顺表,向宋朝投降。几天以后,八王爷设宴款待征辽的将士们,在酒宴上,四郎提出因为萧太后对自己不薄,所以想埋葬她的尸体。八王爷心中暗想:四郎真是一个知恩图报的人。他同意了四郎的要求,命人按照皇妃的礼仪安葬了萧太后。

过了几天以后,八王爷下令班师回京。大军顺利地回到了汴京城,真宗派孙御史迎接众位大臣,六郎率领众位将士驻扎在城外。第二天,众位大臣上朝拜见真宗,寇准奏请真宗封赏杨家父子。真宗准奏,决定商议以后再进行封赏。六郎则先带着四郎回府见太君,母子相见以后,喜极而泣。四郎又让琼娥公主拜见了太君。太君看到琼娥公主十分温柔贤惠,心中很高兴。当天晚上,无佞府中摆下了酒席庆祝一家人团聚,全家人都喝得很尽兴。有一句话说得好,几家欢喜几家愁,这边杨家在庆祝团圆,那边老贼王钦却在准备逃跑。听说辽国被灭以后,老贼王钦化装成游方的道士连夜逃出了汴京城，有人把这件事报告给了真宗，真宗大怒，四郎禀奏说："王钦是辽国的奸细，他的真名叫做贺驴儿。为了刺探我们的军情化名来到了这里。为了留下记号，萧太后在他的脚心上刺下了贺驴儿三个字。"真宗听完以后，急忙派杨宗保带领士兵去追赶王钦。宗保带领士兵从北门出城追赶王钦，他问守城的士兵看到王钦没有，一个士兵回答说："刚才有一个长得很像王钦的道士慌慌张张地走了出去，难道他就是王钦？"宗保听完以后，催马出了北门。这时王钦刚刚逃到黄河边，他看到河面上有船，就对船夫说："你快点把我送到河对岸去，我会多多给你银子作为酬谢。"船夫听说以后，把船划了过来，等王钦上了船以后，就划往对岸。但奇怪的是，就要划到对岸的时候，突然刮起了大风，船又被刮回了原来的地方。一连三次都是这样，船夫决定在第二天再把王钦送到对岸。王钦没有别的办法，只好躲在船舱中等待。过了一会，杨宗保带人追了上来，他在马上大声问船夫："刚才有没有一个道士坐船过河？"还没等船夫回答，老贼就急忙对他说："你说这个人已经过去很久了，这些人是我的仇人，他们想要害死我。如果你能帮我这个忙，我就把所有的银两都给你。"船夫感到很奇怪，他对王钦说："你到底是什么人？把实话说出来，要不然我不会帮你的。"没有办法，老贼只好把自己的事情告诉了船夫。没想到船夫听完以后勃然大怒，他说："原来是你这个老贼，我每年都被你手下的狗官欺负，却没有办法报仇，今天遇见了你，怎么能帮你呢？"说完以后，船夫把船划到了岸边，把王钦交给了宗保。宗保命人把王钦捆绑以后带回了城中。当时真宗正在上朝，于是宗保把老贼直接押到了金殿上。八王爷命令人脱下王钦的鞋袜，大家看到他的脚心上果然刺着贺驴儿三个字。真宗看完以后十分生气，他问八王爷应该如何处置王钦。八王爷说："陛下您可以设宴招待满朝文武大臣以及各国的使臣，然后当着大家的面把王钦一刀一刀地剐死，这样既能惩治这个奸贼，又能警告其他人。"真宗准奏。这一天，真宗设宴招待文武大臣和各国的使节，他又命人把王钦绑在柱子上一刀一刀地割肉，王钦的惨叫声在整个大殿上回荡，在座的众人都感到毛骨悚然。割了几十刀以后，王钦气绝身亡。真宗又命人把王钦的尸体抛到荒郊野外，让野兽吞食老贼的尸体，以解大家的心头之恨。

处死了奸贼王钦以后，君臣都十分高兴。就在这个时候，有人禀告说："大将军呼延赞在昨天晚上去世了。"真宗听到这个消息以后很伤心，他下旨封呼延赞为忠义侯，同时命人厚葬忠义侯。几天以后，真宗召八王爷商量封赏征辽将士。八王爷说："现在陛下您已经统一了天下，为了维护社稷的长治久安，您应该安排征辽的将士守卫边关。"真宗说："眼下有一件事应该马上处理，我们应该怎样处置辽国的太子和大臣呢？"八王爷回答说："征服辽国以后，臣等也没想出处置辽国的好办法。臣想幽州土地贫瘠，我们派军队去镇守也没有什么好处。倒不如放了辽国的太子和文武大臣，让他们作为我们的属国进行统治。"按照八王爷的建议，真宗释放了辽国的太子和文武大臣，让他们作为宋朝的降臣返回辽国，辽国人十分感激真宗。送走辽国的君臣以后，真宗开始封赏征辽的将士。他下旨封六郎为代州节度使以及南北都招讨,封杨宗保为阶州节度使以及京城内外的都巡抚,剩余的指挥使被封为各州的都监。八姐被封为银花上将军,九妹被封为金花上将军,穆桂英以下的十四员女将被封为训命副将军,其他有功的将士也都得到了封赏。

接受完封赏以后,六郎上奏说:“臣的母亲年龄已经很大了,臣想在家里多待几天,侍奉一下自己的母亲。请陛下恩准。”真宗说:“你真是一个孝子,朕就宽限你几天,让你能尽一下自己的孝道。”六郎谢恩以后回到了无佞府。除了孟良、焦赞、陈林、柴敢、郎千、郎万以外,其他的指挥使都去赴任了。孟良等六人留在府中等候六郎一起去任职。看到六郎回到府中,孟良说:“岳胜他们都去赴任了,守卫三关的将士们还不知道消息呢。我们应该派人去把他们召回来。”六郎认为他说的有道理,就派陈林、柴敢、郎千、郎万到三关把守军召回来,同时把寨中的辎重拉回无佞府。陈林等四个人按照吩咐到三关去了。

这天晚上皓月当空,六郎没什么事,在外面散步。过了一会,他感到疲倦,就回到屋中睡觉。睡梦中,六郎忽然听到外面狂风大作,风停了以后,他又听见好像有人在敲窗户。六郎急忙起来打开窗户观看,他看到自己的父亲正站在窗户外。六郎大吃一惊,问道:“父亲,您怎么在这里呀?”老令公说:“玉皇大帝因为我的忠义,封我为司鉴神。我已经很知足了,但是我还有一件事要你去办。你到辽国把我的骸骨取回来葬在祖坟。”六郎吃了一惊,他说道:“孟良已经把骸骨取回来了。”令公又说：“你中了萧太后的奸计了，放在红羊洞中的骸骨是假的。你去问问四郎就知道是怎么回事了。”说完以后，老令公就不见了。六郎弄不清楚这是梦还是事实，迷迷糊糊地挨到了天亮。天亮以后，六郎把做梦的事告诉了四郎。四郎慌忙对太君说：“我忘了这件事了，萧太后认为父亲的骸骨是一件宝物，就把它放在了望乡台上，作为圣物守护一方平安。孟良盗的是假骸骨。”太君认为如今辽国已经归降，要取回骸骨就很容易了。六郎决定还派孟良去盗骸骨，他对孟良说：“先前你盗的骸骨是假的，萧太后把我父亲的骸骨藏在了望乡台上。这次我还要你去盗骸骨，为了防止辽国人再次把骸骨调换了，你要在夜间去盗。”孟良回答说：“将军您请放心，我一定会完成任务，要是辽国人胆敢阻挠，我就一斧子砍了他。”

孟良说完以后就收拾行装赶往辽国。过了不久，焦赞来到府中，他刚好听见家丁们在议论孟良到辽国去盗骨的事情，大家一致认为孟良很有才能。焦赞听完以后心中暗想：孟良哥哥多次为元帅办事，每次都受到夸奖。这次我抓紧时间赶路，争取赶在他前面拿到骸骨，也显示一下我老焦的本领。想到这里，焦赞收拾完行李以后也离开了杨府。杨家的人都不知道焦赞也到辽国去取老令公的骸骨了。先不说焦赞如何追赶孟良，孟良这边日夜兼程赶到了辽国，这天下午他来到了望乡台的旁边。守卫望乡台的士兵对孟良进行了盘查，孟良谎称自己是送太子回国的宋朝使臣，守军听信了他的谎言不再小心提防。等到了一更天以后，孟良走上望乡台，把装着老令公骸骨的木匣包了起来。孟良刚要转身下台，忽然听到后面有人大声喊道："你在台上干什么呢?"孟良以为是辽国的士兵发现了自己，没回头就向后面狠狠地劈了一斧子，说话的人闷哼了一声以后就没有动静了。孟良趁机走下台，忽然他想起了一件事，怎么只有一个守军发现了自己，还有这个人的声音听起来有点耳熟，好像是焦赞。孟良又快步走回了望乡台，他把那个人的尸体翻了过来，竟然真的就是焦赞。孟良仰天长叹了一声，心想：我怎么这么鲁莽，竟然失手杀了自己的好兄弟，就是这次立下功劳也无法弥补这么大的过失。想到这里，孟良决定找一个人代替自己把骸骨送回无佞府。恰好他遇到了一个流落到辽国的宋军士兵，就把骸骨交给了这个人，并嘱咐这个人一定要把骸骨送到无佞府。送走骸骨以后，孟良再也没有什么牵挂了，他把焦赞的尸体背了下来，出城以后，孟良放下了焦赞的尸体，他痛苦地说："焦赞啊焦赞，是我杀了你，现在我就用自杀赔偿你的性命。"说完以后，孟良拔剑自杀。可惜边关的两员猛将就这样死在了异国他乡。

自从孟良去辽国以后，六郎就经常心惊肉跳，总感觉好像有什么不好的事情要发生。这天夜里，六郎又梦见孟良、焦赞浑身是血地向自己辞别。六郎感到十分奇怪，第二天他向家人询问焦赞的下落，家人告诉他大家好几天都没看见过焦赞了。六郎暗叫不好，他想起了孟良临走时说的话，心想要是焦赞悄悄跟在后面一定必死无疑。几天以后，孟良托付的人把令公的骸骨送到了无佞府，六郎询问了来人以后，确信孟良、焦赞一定出事了。他派人到幽州去寻找二人，过了一些日子，派出去的人回来禀告说在幽州城外发现了孟良和焦赞的尸体，已经用沙土把尸体掩埋起来了。六郎把这件事禀告给了真宗，真宗非常难过，他下旨谥封孟良为忠诚定北侯，焦赞为勇烈平北侯，并命人带着圣旨到辽国去安葬二人。而六郎自从孟、焦二人死后就闷闷不乐，总待在家里不出门，更没有心思去做官了。

自从从幽州回来以后，八王爷就因为染上风寒卧床不起。真宗下旨请来华真人为八王爷禳星，八王爷很快就康复了。真宗很高兴，他命人在大殿上摆下酒宴进行庆贺。酒席散了以后，大臣们陪着八王爷走出了大殿，忽然一只金色眼睛的白色大老虎冲到了午门，八王爷用宝雕弓射中了老虎的脖子。老虎带着箭逃跑了，军兵跟着老虎来到金水河边，忽然老虎不见了。军兵回去把这件事告诉了八王爷，经这么一折腾，八王爷旧病复发，又卧床不起了。就在这个时候，无佞府传出了噩耗，六郎去世了。原来八王爷射的白虎是六郎的元神。听说六郎去世的消息以后，八王爷因为震惊也驾鹤西游了。失去两位文武重臣以后，真宗十分伤心，他下旨三天不上朝，同时他又下旨追封八王爷为魏王，谥号懿，封六郎为成国公。正是在以八王爷和六郎为首的文武大臣的精心治理下大宋维持了长久的和平局面。

第十六回

父子领兵战侬王 宣娘施法救父兄

六郎去世以后，宗保继续在朝中做官，大宋朝维持了一段和平的局面。真宗驾崩以后，仁宗继承了皇位。到景祐年间，大宋朝和平的局面被一个叫做侬智高的人打破了。这个叫侬智高的人眉毛浓密，脸色发青，膀阔腰圆。侬智高受过高人的指点，十八般武艺样样精通，并且他还有呼风唤雨的本事。侬智高纠集了一些游手好闲的凶徒攻占了南方的水德国，他自己号称为侬王天子。不自量力的侬智高居然串通了交趾国、罗暹国、捍坪国、乌扎国、打煎国的国王发兵进攻大宋，妄图平分中原的领土。

侬智高率领三十五万军队起兵以后很快就攻占邕州，接着又包围了柳州。柳州节度使高严急忙派人连夜进京把消息报告给了仁宗。仁宗得到这个消息以后十分震惊，他急忙询问什么人可以带兵前去支援，包拯建议仁宗任命狄青为元帅，殿前都虞侯魏化任先锋。仁宗听从了包拯的建议，他下旨命狄青和魏化率领二十万人马去征南。辞别仁宗以后，狄青带领人马直奔柳州而去。在狄青赶到柳州以前，柳州城已经失守了。因为很多年都没打过仗了，百姓们听到敌军进犯的消息以后，都望风而逃，高严只好带人退守到长净观。侬王的士兵进入柳州以后大肆抢夺百姓的财物，还杀死了很多人。看到这么容易就夺取了宋朝的两座城池，侬王天子不禁沾沾自喜，他认为夺取宋朝的江山只是易如反掌的事。为了庆贺胜利，侬王天子宴请了五国的国王，在酒宴上侬王和五国的国王觉得即使宋朝的援军到了，六国的联军也可以随机应变战胜宋军。

第二天，就在侬王正在升帐的时候，宋朝的援军赶到了。侬王说："宋朝的援军刚到，他们的士气正旺，谁能出去杀一阵挫他们的锐气？"乌扎国的国王贺花天王说："我派手下的将军隆元去和宋军交战，他一定会拿回宋将的人头。"隆元领命后出马来到阵前，魏化刚要出马迎敌，牙将张诚主动请命出战。魏化对张诚说："你一定要小心，这一战非常重要。要是输了，我军的士气就会受到打击。"张诚领命出阵，他和隆元交战了几个回合以后，隆元败走。张诚催马在后面追赶。没想到隆元的马突然马失前蹄跌倒了，隆元摔了下来。张诚求胜心切，急忙上前去砍隆元，由于战马跑得太快，他被隆元的战马绊倒了。站在一旁观阵的贺花天王催马赶到阵前砍了张诚。等魏化赶去营救张诚的时候已经来不及了，就在这个时候五国的国王又带领军队杀了过来，宋军大败，死了很多人。狄青把失败的责任都推到了魏化的头上，他警告魏化说："这次是因为张诚轻敌导致了我们的失败，但是作为先锋官你有不可推卸的责任。要是再犯这样的错误一定砍了你的脑袋。"

依王天子认为自己虽然胜了一阵，但是要想打败宋军还是要使用计谋。他做了这样的部署：交趾国的国王锐金秀埋伏在长净关的后面，听到信炮以后冲出来迎击敌人。乌扎国的贺花天王和捍坪国的剌虎哈唎王分别埋伏在长净关的左右两侧，听到信炮以后，带兵杀到关前。定儿五角王负责守卫柳州城。分派完任务以后，五国的国王分头去做准备。第二天，狄青和魏化摆下一字长蛇阵向依王挑战。依王带领罗暹国的国王岳刀力和大将军松冈、白古钦等人前来迎敌。依王对手下人说："宋军摆的是一字长蛇阵，这种阵能够首尾互相救援。请岳刀力大王您攻打蛇头，松冈你去打蛇尾，白古钦你去打蛇腰。这样宋军就不能互相救援了，我带人在后面接应你们。"按照依王的吩咐，蛮兵果然使宋军首尾不能相顾，宋军败回长净关。早已埋伏好的贺花天王和剌虎哈唎王从长净关的左右两侧夹击败退回来的宋军，宋军只好撤到关后，没想到这里埋伏了锐金秀的人马，狄青只好狼狈地败退到长胜镇。依王的军队又包围了长胜镇，幸好这个镇的城墙很坚固，虽然蛮兵攻打得很急迫，但宋军还能够坚守城池。狄青因为损失了数万士兵终日长吁短叹，看到蛮兵猛烈攻城，他又没有任何办法退敌，只能慌慌张张地守城。魏化建议狄青派人回京城去搬救兵，狄青说："只有这样了，但是蛮兵把城池围困得这样紧密，送信的人怎么才能出去呢？"魏化回答说："小将可以杀出城，保护使者离开长胜镇。然后小将再杀回来。"就这样，魏化杀出一条血路把使者送出了城，然后他又杀了回去。

使者日夜兼程回到汴京城，他把狄青战败、宋军被困在长胜镇的消息禀告给了仁宗。仁宗听到这个坏消息以后，感叹说："狄青失败，蛮兵长驱直入，朕的江山难保了。要是朕有杨六郎那样的大将军，蛮兵还敢侵犯中原吗？"包拯禀奏说："陛下不提到六郎，臣差点忘了一个人。六郎的儿子杨宗保告老待在家里，陛下您可以把他请来商量一下退兵的办法。"仁宗准奏，派人到无佞府去请宗保。宗保接旨后随使臣去见仁宗，见完礼以后，仁宗赐他坐在自己的旁边。仁宗看到宗保的头发和胡子都已经雪白了，心想：他都这么老了，还能领兵作战吗？宗保似乎猜到了仁宗在想什么，他说："陛下，岁月不饶人啊，不知不觉间臣已经是满头白发了，但是如果陛下您有什么事要臣去做，臣一定尽自己的全力去完成。"仁宗听宗保这么说很感动，他对宗保说："老爱卿，你还不知道朕的江山已经十分危险了吧。南方的蛮兵入侵中原，狄青打了败仗，蛮兵夺取了三座城池，我军损失惨重。"宗保问道："那么，陛下您为什么把老臣请到这里来呢？"仁宗说："朕知道老爱卿久经沙场，有丰富的作战经验，因此想向你请教剿灭蛮兵的方法。可惜你的年岁大了些，你要是个年轻人，朕就不用担心灭不了蛮兵了。"宗保听完以后笑了起来，他说："陛下，请先赦免臣的不敬之罪，请您派人拿来盔甲、弓箭和刀枪来，臣在殿上演示一下，让您看看我到底老不老。"武士们很快就取来了宗保要的东西，宗保脱下朝服，顶盔冠甲，他一连拉坏了几张硬弓，然后又跳上马，在殿前演示了一下自己的枪法。演示完以后，宗保跳下马，大家看到他面不改色，气不长出，都十分敬佩他。仁宗看完以后非常高兴，他下旨让宗保代替狄青做元帅，文广做先锋。同时，仁宗调遣了五万羽林军归宗保率领。

辞别仁宗以后，宗保带领着文广率领着援军向柳州进军。侬王他们听说宋朝又派来了援军以后，把军队撤回到了长净关。几天以后，宗保带人来到了长胜镇，向将士们宣读了由自己代替狄青做元帅的圣旨。狄青只好交出帅印，但是在交帅印的时候，他脸上带着讥讽的笑容。宗保看到了以后十分生气，他命人把狄青推出去杀头。文广急忙求情说："父亲您刚到这里就要斩杀元帅，恐怕不太合适。况且狄青是当朝的太师，是圣上的宠臣，如果一定要杀，也要先请示皇上。"听文广这么一说，宗保改变了自己的主意，他对狄青说："自从我十三岁和父亲一起出征以来，任何人只要不服从命令就被我杀了。今天我不杀你，不是因为惧怕你是当朝太师，而是出于对圣上的敬重。"狄青被放以后带着人返回京城，在路上他心中一直想着被宗保羞辱的事，暗暗发誓一定要灭掉杨家的满门人口。

宗保整顿好军队以后，命人扯起杨家的大旗向侬王挑战。在阵前，侬王看到宋军领兵的人居然是一位老者和一个孩子以后，暗自冷笑。他说道："前些日子狄青败在了我的手下，如今你这么一个老人和一个顽童怎么能是我的对手呢。还是早些投降吧，免得死无全尸。"宗保微笑着回答："你别以为我是山野村夫，你应该知道当年是谁破了七十二座天门阵，灭了大辽国吧。"侬王不以为然地回答："萧太后只不过是女流之辈，你是打不过我堂堂男子汉大丈夫的。"宗保回答说："既然这样，那我就摆下阵型请你来辨认。"侬王答应了，宗保先后摆出了九龙出海阵和八阵图，侬王说出了两座阵的名字。宗保又请侬王来破阵，侬王带着松刚从生门杀入阵中，没想到宗保指挥士兵把八阵图变成了九宫八卦阵，侬王等三人在阵中像没头的苍蝇一样，左冲右撞却杀不出去。侬王只好念起咒语作法，顿时阵中满是飞沙走石。宗保见到这样的情况并不慌张，他用剑一指，风沙马上就停了。侬王大吃一惊，暗想：我遇到劲敌了。就在这危急的时候，定儿五角王带领短剑军杀退宋军救出了侬王。宗保马上派出五路人马去袭击侬王和五国的营寨，蛮兵看到宋军来势凶猛，就放弃了营寨，纷纷逃往长净关。就在蛮兵逃跑的时候，一员小将带领队伍拦住了他们的去路，松刚上前迎敌，被小将一刀砍死。原来这员小将是杨文广。魏化和隆元交战了几个回合以后，将隆元砍死。宗保和魏化在蛮兵中来回冲杀，如入无人之境。文广看到短剑军十分厉害就决定擒贼先擒王，他假装战败，诱使定儿五角王在后面追赶，等五角王追近的时候，文广用标枪刺中了他的左腿，五角工落马。文广催马上前去砍五角王，侬王赶来相救。文广又和侬王战在了一起，他用交牙十二金枪的枪法刺得侬王浑身是伤。侬王败走，他带领着五国国王放弃长净关，退回到柳州城。宗保见天快要黑了，就带领宋军进驻长净关。

打了败仗以后，侬王十分沮丧。他对五国国王说："我早就听说宗保当年大破天门阵，最后消灭了大辽国。没想到他

依王大意遭围困

这么大年纪了还这样勇猛，更没想到他的儿子也如此英勇善战，真是虎父无犬子啊。看来只有用计才能战胜他们父子二人。”剌虎哈喇王说：“大王你不必担心，我这里有一个妙计，能一举消灭宋军。我们把柳州城堆满柴草，然后出兵作战，到晚上的时候，假装失败退出柳州。到时候宋军一定会进城休息，等到半夜的时候，我们把火箭射入城中，就能把宋军全部烧死了。”侬王听了以后连声叫好，他命人去做准备。准备好柴草以后，侬王领兵出战，宗保暗想：这个蛮贼一天没出战，一定有什么阴谋。他问手下的士兵：“昨天城中有什么动静吗？”军兵回答说：“昨天蛮兵挑了一天的柴草。”宗保暗笑，这个蠢贼的奸计只能拿来骗小孩。他命文广出战迎敌，侬王诈败，一直把宋军引到柳州，快要天黑的时候，蛮兵弃城逃走。宋军进入城中休息，文广看到城中堆满了柴草以后大吃一惊，他急忙禀告宗保：“城中到处是引火的东西，要是蛮兵用火攻城，我们就全被烧死了，快撤出去吧。”宗保笑着说：“你不用担心，我有办法应付。”到了半夜的时候，侬王悄悄领兵来放火，刚到城边，宗保就施法降下了暴雨，蛮军士兵的盔甲都湿透了。天亮以后，蛮军退到万春谷烘烤衣服做饭，就在他们毫无防备的时候，宋军突然杀来，蛮兵纷纷逃跑，宋军夺得了大量的盔甲和马匹。侬王带领五国国王在万春谷扎下营寨，他决定用计诱使宗保出阵，然后用神箭射死他。

次日，侬王谎称自己摆下了一座阵，他请宗保前来观阵。宗保来到阵前观看，侬王在暗处射神箭，宗保反应灵敏接住了射来的箭。宗保只顾着接箭，没想到自己的枪打伤了战马的眼睛，宗保被马甩了下去，脚受了伤。侬王趁机带兵包围了柳州城。宗保知道城中的粮草不多，时间长了很难支撑，他派魏化回到京城去搬兵。在文广的帮助下，魏化杀出重围去搬兵。仁宗知道这个消息以后，命杨家女将带兵去救援。经过商议决定由文广的姐姐宣娘领兵去救援自己的父亲和弟弟。仁宗封宣娘为征南总督，命她马上带兵出发。几天以后，大军来到了柳州，宣娘在离城十几里的地方扎下了营寨，然后她命令魏化杀回城中报信，到时候好里应外合。接到消息以后，文广率军杀出城外，宋军里应外合打败了蛮兵。侬王被宣娘活擒。五国的国王谎称自己会到宋营请罪，暗中却做好了逃跑的准备。宗保认为如果五国国王不能真心投降，以后还会生出祸患，宣娘笑着说："父亲您不必担心，我有办法让他们前来归降。"说完以后，她让军兵拿来米，念了咒语以后，她把五把米撒向了南方。宣娘又对宗保说："我已经派兵截住他们的归路了。"大家认为她在开玩笑，都没把她的话放在心上。

没想到五国的国王竟然自动来到宋军的营寨投降了，大家都感到很吃惊，他们没想到宣娘的法术能起这么重要的作用。五国的国王怕投降以后受宋朝的管束，经过商量以后，他们决定连夜逃走。但五国的人马在回国的路上都遭遇了声势浩大的宋军，吓得他们又回到了万春谷，而这些吓坏蛮兵的宋军正是宣娘施法以后变出来的军队。五国的国王聚在一起再次商量以后决定为了保住性命，他们向宋军递交降书顺表。宗保听说以后，对五国的国王进行了安慰，然后设酒宴款待了他们。收服了这五位国王以后，还剩下邕州仍然被蛮兵控制。为了减少损失，宗保想出了一条妙计，他命令侬王手下的降卒回到邕州，对丞相石宜撒谎说侬王被宋军包围了，要石宜发兵救侬王，同时骗石宜打开城门。跟在后面的宋军趁机杀入城中，彻底消灭侬王的残余。按照宗保的计策，文广领兵攻进邕州，杀死了侬王的丞相石宜，顺利完成了南征的任务。而侬王由于在押送的过程中打破囚车试图逃跑，被宣娘杀死。仁宗听说宋军胜利的消息以后，非常高兴，他下旨释放五国的国王，并仍然保留他们的王爵。封高严为柳州刺史，何承恩为邕州刺史，同时命令宗保班师回京。就这样，五国的国王欢天喜地地回到自己的国家去了，而宋军则高奏凯歌回到了汴京城。

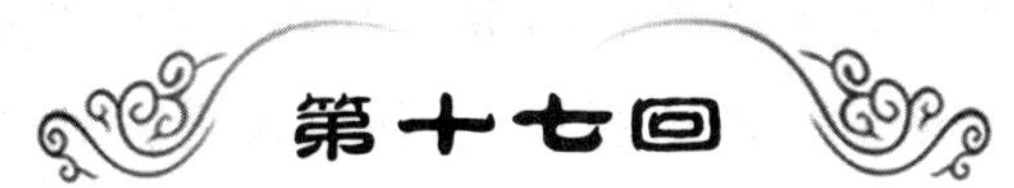

第十七回

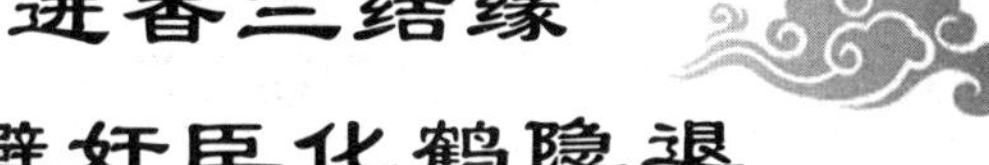

文广进香三结缘　避奸臣化鹤隐退

宗保征南胜利回到汴京以后，仁宗在金殿上接见了他。表彰了宗保以后，仁宗说："当你胜利的时候，朕派人带着三件宝物到东岳去酬谢东岳之神。没想到宝物被住在焦山的强盗夺去了。朕想命文广带人前去剿灭强盗取回宝物，然后再到东岳进香还愿。"文广接旨以后和魏化率领着三千人马直奔焦山而去。文广问魏化说："一共有几条路可以到达焦山？"魏化说："一共有两条路，一条经过焦山的前面，还有一条路经过焦山的后面，山后的这条路更近。"文广决定抄近路，军兵按照吩咐向着小路的方向行进。

抢夺了朝廷宝物的焦山贼寇是杜月英，为了打探京城的消息，她安排人住在了汴京城。那个人听说朝廷派文广带人剿匪取宝的消息以后，急忙把这件事报告给了杜月英。月英听说前来取宝的人是文广以后非常高兴，她对自己的结拜姐妹窦锦姑说："杨文广是长善公主的驸马，他长得十分俊美。我一定要想办法捉住他，然后和他成亲。"锦姑心中暗想：这也是我想要的好女婿，不如我先带人捉住他，缔结这段良缘。想到这里她问道:“好妹妹,你知道他从那条路来吗?”月英不知道她的想法,随口说道:“就从姐姐你山前的那条路来。”打听完以后,窦锦姑急忙辞别了月英,回去准备捉文广的事。当文广带领着军队来到宜都山时,探子禀告说有一支队伍拦住了去路。文广来到阵前查看,他看到对面队伍中为首的是一个美丽的女人。那个女人看到文广来到阵前以后,也走出了队伍。她对文广说:“我是宜都山的主人窦锦姑,你是什么人,竟敢从我的山前经过,还不快点留下买路钱。”文广听她这么说以后大怒,他说道:“我是征南的先锋官杨文广,你这个山贼,还不快点让开道路,不然我就不客气了。”锦姑不再说什么,举起大刀直奔文广,战了几个回合以后,她用绊马索绊倒了文广的战马,文广落地后被蜂拥而上的喽兵绑了起来。等魏化赶来救援的时候已经来不及了。

回到山寨以后,窦锦姑让喽兵代替自己向文广提出亲事。喽兵按照吩咐把这件事告诉了文广,文广听完以后很生气,他说:“我是堂堂的驸马爷,怎么能和一个强盗成亲呢?”锦姑听完以后大怒,她命喽兵把文广紧紧地捆绑以后放在后寨的床上,然后她出寨把前来营救文广的魏化捉了回来。回到寨子以后,窦锦姑亲手解开了魏化的绑绳,她请求魏化为自己向文广说媒,魏化答应了。见到魏化以后,文广大吃了一惊,他说:“你怎么到这里来了?”魏化回答:“我来搭救小将军,被她捉住了。她想嫁给你,你同意吗?”文广马上摇头说:“这可不行,我是驸马,还没和公主成亲,怎么能先娶其他人呢？要是我答应了她，朝廷会治罪的。”魏化说：“我也想到这一点了，但是如果你不答应她，我们就离不开这里了。要是朝廷追究下来，我会承担一切责任。你就答应了吧。”在魏化的苦苦劝说下，文广答应了亲事。当天晚上，文广和锦姑在宜都山成亲。第二天早晨，文广辞别了锦姑刚要出发的时候，忽然寨子的外面传来了呐喊声。原来，杜月英派出去打探文广消息的探子把文广已经和窦锦姑成亲的消息告诉了她，杜月英听说以后大怒，她心想：我和你窦锦姑姐妹相称，没想到你却横刀夺爱，真是知人知面不知心哪，明天我就找你算账去。天亮以后，杜月英带着人来攻打山寨，因此，文广和窦锦姑才听到了外面的呐喊声。

窦锦姑对文广说：“这个杜月英是我的结拜姐妹，她的武艺超群，人长得也十分美丽，并且她很喜欢你，想和你结成良缘。我是从她那里听说你要去进香的事，这才和你成了亲。朝廷被截的三件宝物都在她手里，如果你能和她成亲，不仅能顺利地拿回宝物，还能娶到一个漂亮贤惠的娘子。”文广觉得锦姑说的有道理，他派魏化到杜月英的营中说媒，杜月英欣然答应。文广辞别了锦姑以后，一个人来见杜月英。文广见杜月英淡妆素抹，明眸皓齿，一弯眉毛好似新月。他想：世上居然有这么美丽的女人，还以为她是月宫中的仙子呢。二人相见以后，月英把文广带回山寨，当天晚上在寨中大摆宴席，文广和月英成亲。第二天，文广对月英说：“我奉皇上的圣旨前去进香，我必须在规定的期限内办完这件事。你快点把那几件宝物交给我，等进完香以后我再和你相会。”杜月英急忙命丫鬟把万年不灭青丝灯、自报吉凶玉签筒和夜明素珠这三件宝物拿出来交给文广，她对文广说：“请郎君不要取了宝物就忘记了我，我的终身已经托付给你了。”文广指着自己的胸口说：“我要是抛弃了你，一定会遭到天谴。”月英和文广洒泪分别。文广率领着队伍来到燕家庄，一支队伍拦住了去路，一员小将张口就要文广把宝物留下，文广大怒，他和小将战在了一起，几个回合以后，文广刺中了小将的左臂，小将败回了自己的队伍。一员老将冲出来和文广交战，几个回合以后，老将也败在了文广的手下。看到这样的情景，这一老一少两位将官带着队伍逃走了。文广不知道这两个人是燕家庄的海贼，老者名叫鲍大登，人称海皇帝，小将是他的儿子世卿。鲍大登还有两个儿子和一个女儿，分别是大卿、少卿和飞云，他的这几个儿女的武艺都很高强。听说朝廷派人带着三件宝物到东岳去献香以后，鲍大登带着世卿来截宝物，没想到竟然遇到杨文广这样厉害的对手。

败回山寨以后，鲍大登十分沮丧。飞云说：“父亲您不必着急，等我出去用计捉住他，到时候宝物就是我们的了。”鲍大登说：“好女儿，那小子不仅武功高强，长得还十分英俊潇洒，要是你能把他捉回来做我的女婿，爹会比得到宝物更高兴。”听到父亲这么说，飞云羞得满脸通红。飞云领兵出寨和文广交战，她对文广说：“你是什么人，竟然想不留下东西经过我的山寨。你不知道强龙不压地头蛇这句话吗？”文广轻蔑地一笑，他说：“我是征南元帅杨宗保的儿子，先锋官杨文广。你们这些山贼居然敢抢夺国家的宝物，难道你们不知道我手中大枪的厉害吗？”飞云听文广说自己是杨家的子弟，又看到他果然英俊潇洒，就决心用计捉住他，然后让他和自己成亲。就这样，飞云不再多说，她举刀和文广战在了一起。几个回合以后，飞云不是文广的对手，她调转马头逃往山寨。文广在后面追赶，飞云跃马跳过了寨前的深涧，文广随后赶来，他也想催马跳过深涧，没想到却连人带马掉到了涧中。原来飞云的马经过训练，已经习惯了跳过深涧，她故意把文广引到深涧，让他掉到深涧中，然后捉住他。文广果然中计被捉，等魏化反应过来的时候已经晚了。

飞云把文广捉回寨中以后，鲍大登亲自向他提亲。文广坚决不同意，大骂不止。鲍大登也不管他同不同意，把飞云叫了出来，让他们拜堂成亲，文广不肯低头，鲍大登就硬按住他的头。文广暗自叫苦：自己这是怎么了，一路上总是犯桃花劫，看样子要是不答应他们，我很难离开这里，就顺其自然吧。想到这里，文广不再反抗。拜完堂以后，二人进了洞房。天亮以后，文广向自己的岳父鲍大登辞别，他说：“小婿担当着进香的皇命，不能耽误行程，不然会连累全家。请岳父放心，等我办完差事，一定会来接飞云的。”鲍大登说：“我自己会把她送到你家的，希望你不要抛弃了她。”拜别大登以后，文广又回到房中向飞云辞别，飞云闷闷不乐，她对文广说：“郎君千万不要忘记了我，办完了公事记得把我接走。”文广说:“我一定记得你,要是我因为公事繁忙脱不开身,你可以和焦山的杜月英以及宜都的窦锦姑一起到金水河边的无佞府找我。我把这根金钗作为相认的凭据留给你。”飞云问道:“我和那两位姐姐素不相识,到时候拿什么证明我也是你的妻子呢?”文广想了一会以后拿出了一个鸳鸯绣袋交给飞云,然后说:“这是杜月英亲手绣的,到时候你只要把这个交给她,她就会相信你了。”又说了一会儿情意绵绵的话以后,两人依依不舍地分别了。

回到军营以后,文广把自己和飞云成亲的事告诉了魏化。为了不耽误进香的时间,文广带领军队马上向东岳出发。几天以后,队伍来到了东岳山。为了表示诚意,文广和魏化斋戒沐浴以后才一步一拜地把宝物献给了东岳大帝。进香以后,文广和魏化看到这里的风景很好,就决定到处游玩一番。走着走着,他们来到了一处陡峭的高峰,这座山峰是整座山中最高的。峰顶上有一座大殿,大殿的牌匾上书写的是“天下第一高峰”。这时候忽然飘过了一片乌云,好像要下雨了。魏化急忙说:“要下雨了,我们到哪里去躲避呢?”文广说:“我们进这座大殿躲一下。”然而,尽管魏化使出了全身的力气,他就是推不开大殿的门。文广笑了一下,他亲自用力来推门,只听见天崩地裂一样的一声巨响以后,门打开了。文广和魏化刚要进去,两个手中拿着戟的武士拦住了他们,武士大声喝问:“你们是什么人,竟敢私闯圣殿?”文广刚要回答,这时候从里面走出一个人把他们俩请了进去。圣帝对文广说:"看在你进香的份上,特意赐给你们主仆二人每人一枚大头丹。从此以后你们就能随意变化飞翔了,记住一定不要把这件事泄露出去。"吃完仙丹以后,文广和魏化辞别了圣帝下山。休息了一天以后,文广带领着队伍赶回汴京城。拜见完仁宗以后,文广把进香的事禀告了一遍。仁宗听完以后非常高兴,他下旨重新修建天波楼,并封杨宗保为宣国公,杨文广为忠烈侯。其他的文武官员也得到了相应的提升。最后,仁宗又下旨命文广择日和长善公主完婚。

这一天,无佞府中张灯结彩,大摆宴席招待参加文广和长善公主大婚的宾客。由于高兴,宣国公多喝了几杯酒,当他回到房中休息的时候,却发现房梁上藏着一个人。宣国公大声说道:"藏在上面的人,有什么事下来说吧。"那个人知道自己被发现了以后就跳了下来,他跪在宣国公的面前说:"小人是太师狄青的家奴师金,狄太师对您在军前对他的侮辱一直耿耿于怀。他派小人前来暗杀您,我本来不答应,他因此要杀死我,所以我只能假装同意。"宣国公说:"原来是这样啊。那你回去吧,你告诉狄青我被你杀死了。从此以后我诈死不出家门,这样就能两全其美了。"师金拜谢以后回到了太师府,把自己刺死宣国公的假话对狄青说了一遍,狄青听完以后很高兴,他准备以后找机会再除掉杨文广,彻底拔出眼中钉。

送走师金以后,宣国公感到自己的身体不舒服,就把文广叫到床前交代后事。他说:"文广,爹不行了。有一件事我得告诉你,今天晚上狄青派人来刺杀我,刺客是被逼的,他不肯杀我，为了保住他的性命，我用诈死的方法骗了狄青。没想到自己真的不行了，你一定要小心提防狄青，他可能随时想办法害你。”说完以后，宣国公去世。第二天，文广把这件事禀告了朝廷，仁宗下旨安葬宣国公杨宗保，满朝的文武官员都前来送葬。

宗保死后，文广专心在朝中做官，暂时把接回三位妻子的事放在了一边。自从文广走了以后，鲍大登曾经想把飞云送到无佞府，但是因为他的三个儿子陆续死于非命，鲍大登不久也因为伤心死了。和母亲商量以后，飞云决定先找到另外两个姐姐，然后再一起到京城去找文广。作出决定以后，飞云把山寨中的财产收集在一起，放火烧了山寨以后，带着喽兵到焦山去见杜月英。见到杜月英以后，飞云拿出绣袋说明了自己的身份，正好杜月英也要去找文广，因此两个人把队伍合在一起到宜都去见窦锦姑。三人见面以后非常高兴，窦锦姑说：“虽然我们和文广已经分别两年了，但他不是那种见异思迁的人，他一定会回来接我们。我听说她的母亲治理家务非常严厉，要是我们无凭无据地找到文广的家中，如果文广不在家，她的母亲可能不会收留我们。”飞云安慰她说：“姐姐你放心，文广给我留下了一根金钗，这可以作为我们和他相识的证据。我们应该把大队人马解散，以免进京城的时候引起麻烦。”月英和锦姑听了以后暗自吃了一惊，她们两个人心想：没想到飞云这么小的年纪竟然想得这么周到，真是难得啊。就这样三个人解散了大队人马以后，带着几十个人来到无佞府。飞云把金钗交给了守门的家丁，穆老夫人见到金钗以后吃了一惊，心想：这是文广征南的时候我送给他的金钗，怎么会落到别人的手里了呢？她命家人把来人请到院中，飞云等三人见到穆老夫人以后一齐下拜，并说："婆婆万福，媳妇这厢有礼了。"穆老夫人感到很奇怪，她问道："三位姑娘为什么这样称呼老身啊？"飞云刚要把事情的原委说出来，恰好文广回到了府中，见到三人以后，他把事情的经过对自己的母亲说了一遍。听完以后，穆老夫人非常高兴，她命令家人摆下酒宴招待三个儿媳妇。

老贼狄青知道这件事以后，就写了一份奏折把杨文广先和三个女强盗结婚的事禀告给了仁宗。仁宗看完奏折以后大怒，他下旨让刑部捉拿文广问罪，包拯急忙上奏说："陛下，念在文广立下汗马功劳的份上，请您亲自审问他，或许他有自己的苦衷。要是文广故意违反圣意，到时候再处罚他也不晚。"仁宗觉得包丞相说的有道理，就命人把文广带到金殿。见到文广以后，仁宗骂道："你这个大胆的逆贼，长善公主哪里配不上你，你竟然先娶了三个女贼。快点把实情说出来。"文广上奏说："臣确实有罪，但臣也是迫不得已，并不是臣故意要冒犯陛下。魏化可以证明臣的清白。"仁宗宣魏化上殿，魏化就把事情的真相如实说了一遍。仁宗恍然大悟，他说道："原来是这样，朕差点冤枉好人了。文广你快起来吧。"文广谢恩起来以后就把狄青因为和自己的父亲有仇，曾经派人刺杀自己父亲的事禀告给了仁宗，然后他又说道："狄太师一心要害死臣，不是臣不想报效国家，是臣实在不想白白送死，请陛下保重龙体，微臣要走了。”说完以后，文广变成一只鹤，魏化变作一只乌鸦，两人一起飞向了天空。仁宗非常伤心，他大骂狄青是欺君误国的奸臣。听说文广变成一只鹤飞走的消息以后，长善公主被惊吓死了。就在全家大声哭泣的时候，文广飞回了家里。听说长善公主的死讯以后，文广让家人把这件事禀告给朝廷，他还嘱咐家人不要把自己回家的事泄露出去。从此以后，文广藏在家里，整日看佛经修身养性，不再为国事操劳。

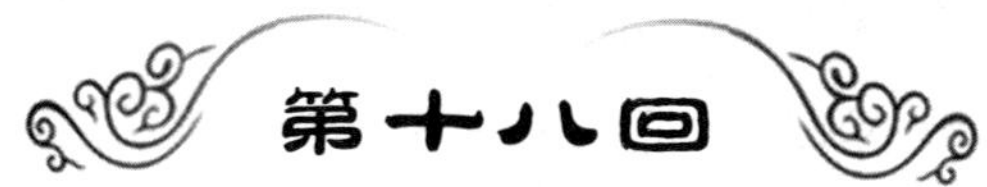

第十八回 李王兴兵犯大宋 文广携子战双王

自从杨宗保父子征南以后，大宋朝维持了几十年的和平局面，边境十分太平，百姓安居乐业。然而好景不长，在神宗的熙宁五年，西部的新罗国发兵侵犯宋朝的边境。新罗国的国王叫李高材，是一个非常勇猛的人。他的手下有一个名叫张奉国的西夏人，因为长了八只胳膊，因此被称为八臂鬼王。张奉国身强体壮，非常有力气。有一次，一大群人围住了一只老虎，箭像飞蝗一样射向了老虎，但是没有一支箭能射中老虎。张奉国恰好路过那里，因为害怕被老虎伤害，人们都远远地避开，只有他一个人迎了上去。老虎张牙舞爪地向张奉国扑了过去，只见他飞起一脚，老虎就像泄了气的皮球一样落在了地上。人们纷纷上前观看，只见老虎已经七窍流血而死，大家都称赞他是一个勇将。听说张奉国的大名以后，李高材就把他收为自己的部下。

这一天，李王对张奉国说："咱们和宋朝的实力相差不多，却要每年向他们称臣纳贡，我真是不甘心。如今我想兴兵夺取中原的江山，你有什么妙计吗？"张奉国说："我有一个叫夏雄的手下，他力气很大，并且他擅长射箭，能百发百中。

请陛下下旨命夏雄为先锋，臣不才愿意作为元帅带领十五万大军打出镆铘关，攻下宋朝的都城。”新罗国的一位老臣许武急忙上奏说：“陛下千万不能这样做，大宋朝民心稳定，文官武将人才济济。我们千万不能抬高自己，轻视别人。陛下您要是轻易就挑起了战争，可能会遭到灭国的下场。”还没等李王说话，张奉国就抢着说道：“大宋朝已经很多年没有经历过战争了，因此他们的军事力量已经不如从前那么强大了。守卫边境的人都是一些没有真本事的官家子弟，一旦他们听说我率领大军进犯中原，一定会望风而逃的，到时候我军不费吹灰之力就可以夺取宋朝的江山。”听了张奉国的这些话以后，李王不再听取老丞相许武的劝告，他下旨命令张奉国带领十五万大军攻打镆铘关。老丞相许武认为新罗国的百姓大祸临头了，为了活命，他削发为僧到他乡云游去了。

听到新罗国攻打镆铘关的消息以后，镆铘关的指挥使罗练一边派人加紧防御，一边派人把这个消息送到了汴京城。这时宋朝的皇帝是神宗，听说新罗国进犯的消息以后，神宗急忙问道：“众位爱卿，谁能带领军队去抵抗新罗国的敌军？”右丞相张茂鼐奏说：“臣愿意领兵去退敌。”神宗大喜，他下旨封张茂为征西大元帅，命张茂带领十万大军去抗击敌寇。领旨以后，张茂到军营中挑选士兵，一个叫胡富的士兵十分英勇，因此张茂决定让胡富做先锋官。挑选完士兵以后，张茂回城，在经过无佞府的时候，张茂扬扬得意地命人敲锣打鼓地走过。而在无佞府中，躲藏在家中的杨文广正在教四个儿子读兵书，听到外面的喧哗声以后，文广命家人出去看看是怎么回事。家人回来禀告说:“张丞相奉命去征讨新罗国的贼寇,选拔完兵丁以后,他正好路过我们的府邸。”文广听完以后很生气,他说道:“张茂算个什么东西,还没打胜仗就这么猖狂。当年因为狄青千方百计要害我,我才变成一只鹤隐藏在家里,从那以后我又有了你们兄弟四人。俗话说得好,好男儿志在四方,在这国家危亡的时刻,你们应该出面报效朝廷,使人知道我们杨家后继有人。今天张茂胆敢这样就是因为他认为我们家没有什么能人了。”文广的四儿子杨怀玉说:“爹爹,儿子愿意到张丞相那里去做个先锋官,让他知道我们杨家人代代都是英雄。”文广高兴地说道:“怀玉,你真有出息。但是你一定要小心一点,据我观察,张茂不是善良的人。到无佞府前要下马经过是朝廷的规定,这个奸贼胆敢违反朝廷的规定,说明他有狼子野心。”怀玉表示一定牢记父亲的教诲。

第二天早晨,怀玉辞别了家人去找张丞相。张家的人告诉怀玉说张茂已经出城了,怀玉急忙在后面追赶,当他赶到十里长亭时,正赶上文武官员们在为张茂送行。怀玉上前要去见张茂,负责守卫的士兵拦住他问道:“你是什么人?为什么要见丞相?”怀玉说:“请禀告丞相,杨文广的儿子杨怀玉请求担任先锋官。”军兵马上禀告了张茂,张茂听说以后大怒,他说道:“这个人在胡说八道,快把他押上来,我要亲自问问他。”怀玉遵命来到长亭上,张茂说:“杨文广当年变成一只鹤飞走了,他怎么可能有儿子呢?你到底是什么人,为什么要冒充杨家人?”怀玉急忙回答:“丞相,我的确是杨文广的儿子。当年我的父亲为了躲避奸臣的迫害,变成了一只鹤藏在了家里。听说国家有难以后，父亲派我来报效国家，请丞相收下我。”张茂心想：要是皇上知道杨文广还活着，我就当不成元帅了。于是，他说：“杨文广竟然敢故意藏在家里不出来，这是欺君之罪。来人啊，先把这个人杀了，然后我们就出发。”大家急忙劝说道：“大军还没有出发就斩杀本国的大将对战事不利，这个人的本事挺大的，就把他留在军中吧。”张茂不好当面反驳大家，暗中合计在其他的时间杀死杨怀玉。就这样，张茂假装听从了大家的意见，释放了怀玉以后把他留在军中。

神宗的弟弟周王是一个公正无私的人，很多人都向他申诉冤情。这天散朝以后，周王迎面遇到了一群一边走路一边长吁短叹的人，他认为这些人可能有什么为难的事，就命手下人把那些人请到近前。这群人见到周王以后急忙跪下禀告说：“杨文广并没有死，他只是诈死藏在了家里。他的儿子杨怀玉为了报效国家投到了张茂丞相的手下，张丞相却说杨怀玉犯了军法，要杀死他。虽然在大家的劝说下，张丞相暂时没杀杨怀玉，但是张丞相可能会偷偷选择别的时间杀了他。”听完以后，周王心想：我原来就认为张茂不能担任元帅，正在想推举其他有才能的人代替张茂。张茂这个奸贼一定是怕皇上起用杨文广，所以才想杀死杨怀玉灭口，然后他一定会把杨文广诈死的事禀告给皇上，借朝廷的手除掉他的眼中钉。我一定要快点，要不然等张茂杀了杨怀玉朝廷的损失就大了。想到这里，周王骑马直奔城外。刚到十里长亭外，周王就看到一大群人推着一个人去砍头，那个人一边走一边喊：“我犯了什么罪，你们凭什么要杀我？”周王制止了这群人，他命令人解开了那人的绑绳，然后他又问道："你是什么人，为什么张茂要杀你？"怀玉就把事情的经过说了一遍，周王听完以后说道："好外甥，要是我来晚了，你这条命就没了，快和我回去吧。"

第二天，周王上朝时把张茂不任用杨怀玉的事禀告给了神宗，神宗说："杨家的人代代英勇善战，张茂不可能不知道这种情况，一定是你误会他了，张茂不是那种心胸狭窄的人。"周王说："陛下，张茂到底是什么人，一会儿就知道了。等一会儿张茂一定会禀奏杨文广诈死在家的事情。"不久以后，张茂果然向神宗递上了弹劾杨文广的奏折，看完奏折以后，神宗说："虽然杨文广诈死犯了欺君之罪，但是在国家危急的时刻他能派儿子报效国家，足以说明他对国家的一片忠心。杨怀玉十分勇猛，你应该重用他。"张茂听了神宗的这番话以后，觉得自己有些理亏，就说道："臣罪该万死，臣愿意把帅印交给您，请您另选更有才能的人。"神宗又说："你不要多虑，朕没有换元帅的意思。"张茂坚持要交回帅印，周王趁机进谏说："既然张丞相坚持要让出元帅一职，那就请陛下恩准了他的请求。陛下可以下一道圣旨赦免杨文广的欺君之罪，然后命他领兵去抵御新罗国的贼寇。"神宗觉得周王说的有道理，于是他命人带着圣旨去见杨文广。接到圣旨以后，文广亲自到殿上负荆请罪。神宗对他说："爱卿你不用这样，在国家危急的时刻，你能挺身而出，充分证明了你对朝廷的一片忠心。朕命你为大元帅统帅大军去消灭新罗国的敌军，朕知道你们父子不会令人失望。"文广谢恩以后接过了帅印。

文广主动请罪

为了确保能赢得这场战争，文广来到教军场点兵。文广问道："谁愿意担任先锋官？"他的话音刚落，怀玉就说道："爹爹，您不孝的儿子我愿意担当先锋官一职。"说完以后，怀玉就想把官印挂在自己的胸前。这时从士兵的队伍中走出来一个人，他大声说道："难道只有你们杨家的人才能担任先锋吗？小将也想担任先锋官，我愿意和四公子比试一下，看看到底谁才是合格的先锋官。"怀玉问道："你是什么人？"那个人回答说："我是指挥使胡富，张丞相选中的先锋官。"怀玉大怒，他和胡富战在了一起。十几个回合以后，胡富的马被怀玉用套索绊倒。怀玉先跳下马把胡富绑了起来，然后又跳上马向前跑了大约一百步。忽然怀玉大喝一声："看箭。"只见一支箭像流星一样射向胡富，胡富吓得闭上了眼睛，心想：这下子死定了。过了一会，胡富感觉好像有人在盯着自己看，他睁开眼睛以后发现自己并没有死，怀玉的箭射开了他的绑绳。胡富看见怀玉正站在自己的面前，急忙跪下说："小将军，请原谅我有眼不识泰山。"就这样，杨文广命怀玉任先锋，胡富做副先锋，文广的长子公正任掠阵使，次子唐兴任提调使，三子彩保负责押运粮草。调遣完兵将以后，文广和众位夫人辞别，然后他带领大军出发。

大军一路急行，几天以后，文广率军来到了甘州。甘州指挥使邓海把文广接到城中，他告诉文广新罗国的军队已经攻占了镆铘关，现在正在攻打白马关。文广决定稍微休息一下以后，就率领大军赶往白马关。公正见弟弟争得了先锋官，就对文广说："爹爹，请让儿子首先出阵迎击新罗国的逆贼。儿子保证不会让您失望。”看到公正这么诚恳，文广就答应了他的请求。在甘州休息了一天以后，文广率领大军来到了白马关，就在文广向镆铘关的指挥使罗练询问战况的时候，士兵禀告说敌军正在关前讨敌要战。文广命令公正挂上先锋印带领三千军兵到关外迎战。得令以后，公正披挂整齐，带领士兵在白马关前摆开了阵势。公正催马来到阵前，他说道：“哪一个是反贼的头目？”鬼王张奉国听见以后也催马来到了阵前，他对公正说：“你说谁呢，爷爷我不认识你这个乳臭未干的小子。”公正骄傲地说道：“我是征西大元帅驸马爷杨文广的儿子，你家先锋爷爷杨公正。你们新罗国不安分守己，居然妄图吞并我大宋朝的江山，识时务的就赶快投降，要不然就让你们死无葬身之处。”鬼王哈哈大笑，他说：“小子，你说的没道理。天下是人人的天下，不是你大宋一家的天下。我家的天子恩泽广布四海，而你家的皇帝却忠奸不分，弄得朝堂一片混乱。我劝你还是早早投降了我们吧，我保证你一定会做大官。”听鬼王这么说以后，公正大怒，举枪刺向鬼王。战了二十几个回合以后，鬼王诈败，他骑马跑向了山坳，公正立功心切，就在后面紧追不舍。在转过山坳以后，鬼王突然拿出弹弓射向公正，由于公正没有防备，铁弹正好射中了他的肋部，公正只好忍痛逃回了本阵。怀玉急忙出阵救应兄长，和鬼王大战了几十个回合以后，怀玉刺伤了鬼王的战马，鬼王领兵败回了军营。怀玉没有追赶，他带领士兵回到了白马关。

文广对四个儿子说：“你们兄弟几个还需要锻炼，等明天我亲自去会一会鬼王，一定要捉住他。”第二天，文广领兵来到关外，他指明要鬼王出来答话。鬼王见文广鹤发童颜，气势凌人，心想：老家伙这么大年纪了还这样风度翩翩，他年轻的时候一定非常英俊潇洒。想到这里，鬼王说：“老将军，俗话说人老不以筋骨为利，虽然您年轻的时候很厉害，但是您已经老了，千万不要弄得晚节不保。”文广听完以后笑着说：“自从第一次上战场以后，我就已经把个人的生死置之度外了，和国家的存亡相比，我个人的声誉又能算得上什么呢？你们这些蛮夷是不会明白这些道理的。”鬼王大怒，他派属下夏雄迎战文广。三个回合以后，夏雄被文广用流星锤打得脑浆迸裂而死，鬼王大吃一惊，急忙亲自来到阵前和文广交战。文广和鬼王交战了五十个回合以后，仍然不能分出胜负。于是文广运用法术变出十个文广把鬼王团团围住，鬼王暗想自己遇到对手了，他也变出十个鬼王来对付文广。两个人大战了三天三夜以后仍没有分出输赢。鬼王心想：要想战胜老家伙，必须得用迷魂阵。就这样，鬼王念咒以后布下了迷魂阵。原本晴朗的天气一下子变得天昏地暗，宋军十分害怕，开始左冲右突，文广大喊：“大家不要慌，待在原地，只要敌人来袭击就杀死他们。”鬼王以为宋军已经被迷魂阵吓得乱了阵脚，就派人去冲杀，然而，他连续派了几批人，都是一去不复返。看到这种情况以后，鬼王决定收兵回到营中，等十天以后迷魂阵困死文广的时候再出兵收拾残局。

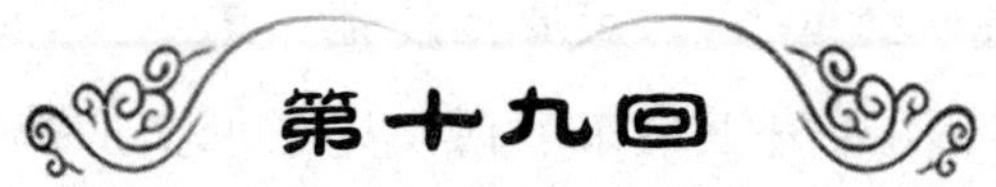

第十九回

张茂奸计害杨家 周王设局套真相

鬼王用妖术布下迷魂阵困住了宋军的将士，文广不知道怎样才能破了迷魂阵，只能在士兵的头顶上飞来飞去查看情况。就在他心慌意乱地飞行的时候，突然听见下面有人说："要是能到太虚道人的观中取来井水，就能破了迷魂阵了，但是我们都被困住了，没办法冲出去，只能等死了。"文广仔细一看，说话的人是杨顺，他急忙说："杨顺，不要动手，我是杨文广。刚才我听你说有办法能破了迷魂阵，快点告诉我是怎么回事。"原来杨顺是刚刚被文广收服的山贼，他和太虚道人是好朋友，太虚道人曾经告诉他自己观中的井水可以破迷魂阵。杨顺把自己知道的情况对文广说了一遍，文广对他说："你趴在我的背上，等到了地方的时候告诉我一声。"就这样，文广背着杨顺飞到太虚道人的观中，杨顺取了井水以后，两个人又飞回白马关前。井水洒到的地方马上就恢复了光明，宋军将士得救了，文广率领将士们回到城中。

而鬼王以为宋军一定会被迷魂阵困死，因此他收兵以后，就和众将士们一起饮酒作乐。三天以后，鬼王派人去打听宋军的情况，探子回来禀告说宋军已经回城了，鬼王大吃一惊，自己的迷魂阵怎么被破了。他急忙问："宋军是怎么解围的?"探子回答说："有人取了太虚道人奉国庵中的井水，宋军才被救了。"鬼王心想：我要想个办法破坏井水，要不然以后就不能用迷魂阵了。想到这里，鬼王变成了一个道士，径直来到了奉国庵。恰好太虚道人出去云游了，只有一个小道童看守道观。鬼王对小道童说："我是终南山的古虚道人，听说你们观中有一眼好井，特意前来看看。"道童回答说："观中确实有这样一口井，如果人被施了妖法而昏迷，取些井水就能解了，井就在那棵大松树的下面，整座山就有这么一口好井。"鬼王心想：杨文广一定是取了这口井里的水才解了迷魂阵的。于是，他对道童说："我这几天有点头晕，这口井里的水大概能治我的病，你去忙吧，我自己取井水喝。"支走了道童以后，鬼王先在井水中便溺，然后又念了一通咒语，只见原本清澈见底的井水顿时变得黑漆漆的。破坏了井水以后，鬼王回到营中，他下令新罗国的军兵围困白马关。宋军得到消息以后，怀玉领兵出城作战，出城以后他发现原来晴朗的天空重新变得一片昏暗，并且时而狂风大作，时而飞沙走石。怀玉急忙回城把这件事告诉了父亲杨文广，文广听说以后飞到城上观看，他发现四个城门都被鬼王下了咒，只好飞下来和大家商议该怎样应付鬼王。文广说："现在只有一个办法，我飞出去请宣娘姐姐和魏化前来帮忙，这样就能解围了。"杨顺听完以后上前禀告说："元帅不用这样费工夫，您再背着我到奉国庵去取些井水，我们还能破了他的妖法。"文广觉得杨顺说得有道理，就背着他飞到奉国庵。

来到井前，文广发现原来清澈的井水已经变得浑浊不堪，他只好硬着头皮取了一些井水。回到白马关以后，文广把井水洒了下来，没想到只要井水落到人的身上，人就马上变成了一摊血水。文广大吃一惊，不再洒水。既然井水已经没用了，文广最后决定派人回朝搬救兵。怀玉主动请求闯重围去搬兵，文广对他说："要是你离开了这里，军中就没有人能领兵出战了。我要派另外一个勇武的人去搬兵。"胡富说："元帅，小将愿意去请救兵。"文广同意了，他写了一份奏折和一封家书，写完以后，文广把这些东西交给了胡富。当天夜里，文广背着胡富来到关外，他嘱咐胡富一路小心，尽快赶回京城。说完以后，文广飞回城中，胡富日夜兼程赶回京城。路过丞相府的时候，胡富忽然想起当日张丞相对自己有提拔的恩情，自己应该到府中拜见一下自己的恩人。于是，胡富进入丞相府参拜张茂。张茂问胡富说："边关的战况怎么样啊？"胡富如实地回答道："杨元帅父子被困在白马关了，他们派小将回来搬救兵。"张茂听说这个消息以后心中暗喜，他想：杨文广啊杨文广，没想到你这个老东西也有今天，我一定要借这个机会除掉你。想到这里，张茂对胡富说："他给家人写信了吗？"听到张茂这样问，胡富暗想：无缘无故的，他怎么问起家书的事了，难道他有什么别的企图，就说没有吧。想完以后，胡富说："没有给家里人的信件。"张茂看到他迟疑了一会以后才说话就断定杨文广一定写了家信。他命令家人搜查胡富，果然找到了一封信。张茂得意扬扬地说："你骗不了我的，现在我要你做一件事，事成以后我保你做大官。我把老东西杨文广的信藏起来，再写一封假信，就说他已经投降了新罗国，派你回京来通知家属离开京城。我对皇上禀奏说你对国家忠心耿耿，不肯投降，还把杨文广造反的证据交给了我。到时候皇上一定会杀了杨文广全家，这样我的心头之恨就能全消了。"胡富大声说道："丞相，虽然您对我有知遇之恩，但是我不能做这种伤天害理的事。况且周王一定会看穿这个计谋，到时候我的家人也会受到连累。"张茂大怒，他说："你怕周王，难道你就不怕我吗？如果你不答应我，现在就杀了你。"迫于淫威，胡富只好答应了。

用好酒好菜招待了胡富以后，张茂把他带到金殿，让他当着神宗的面把杨文广父子投降新罗国的事说了一遍，然后张茂又把假造的家书交给神宗。神宗看完家书以后大怒，他说道："我哪里对不起他杨文广了，他居然投降了新罗国，真是忘恩负义的小人。"说完以后，神宗下旨命令金瓜武士把杨家的人一律抓起来杀头。周王听说消息以后急忙来到殿上，他问道："陛下为什么要杀死杨文广的全家？"神宗说："你还不知道吧，杨文广已经投降了，他派胡富带着家书来通知家属准备离开京城。幸好胡富先到了张丞相的家里，要不然杨文广的奸计就得逞了，你看看这封家书。"周王看完以后说道："这书信是假的，请陛下把送信的人宣到殿上，臣要当面和他对质。"神宗命人把胡富带到殿上，见到周王注视自己的目光以后，胡富就开始发抖。周王问胡富："杨家父子真的反了吗？"胡富颤抖着回答说："杨文广父子被迷昏以后就投降了，他们真的造反了。"张茂看到周王咄咄逼人地询问胡富，害怕胡富说漏了嘴，就急忙禀告说："杨家父子造反已经是不可改变的事实，当前最重要的是赶快派兵去支援边关的将士。"张茂刚说完，近侍禀告说："陛下，杨家满门已经被抓到午门外，就等您下旨定夺了。"周王听侍者这么说以后，转过身来大声对张茂和胡富说："你们这两个奸贼为了公报私仇，要伤害这么多人的性命，天理不容。"说完以后，他又上奏说："陛下，您一定要三思而行，要是杨文广没有造反，您却听信谗言杀了他的家人，这一定会逼反他，到时候您的江山就真的保不住了。臣认为您应该先放了杨家的人，然后派人到白马关去探查一下情况，如果杨文广造反了，到时候再杀他的家人也不晚。臣请求您把胡富交给我审问，或许他能良心发现说出事实的真相。"神宗觉得周王说的有道理，就命人释放了杨家人，又把胡富交给周王审理。

把胡富带回府中以后，周王马上问道："你快点把实话说出来，要不然你就会受皮肉之苦。"胡富不肯说实话，周王命人打了他二十大板。虽然被打得鲜血淋漓，但是胡富仍然坚持说杨家父子真的造反了。看到这样的情况，周王知道再打也没什么用，派人把胡富关押了起来。周王冥思苦想以后忽然想到一个妙计，他对狱卒说："一会儿你要这么这么办……到时候胡富一定会说出实话。"狱卒按照周王的吩咐去做准备。当天晚上，在监狱中，人们三三两两议论说："杨家真是太冤枉了。"胡富问道："发生什么事了？"大家告诉他在他被押走以后，张茂不知用什么办法说服了皇上，皇上下令把杨家人全杀了，周王也没办法阻止皇上。胡富听完以后出了一身冷汗，心想：这下子可完了，我落在周王的手里，他为了给杨家报仇一定不会放过我的。就在胡富胡思乱想的时候，有人禀告狱官说张丞相的人来了，狱官慌忙去迎接。来人对狱官说："胡将军在哪里，我有事要告诉他。"狱官把那个人带到胡富的牢房内，狱卒们知趣地离开了。看到周围没有别人以后，那个人对胡富说："胡将军，你受苦了。张丞相已经请求皇上释放你，明天你就没事了。但是周王坚持要把你绑在法场上过一夜，作为对你挑起事端的惩罚。你忍耐一下吧。"胡富高兴地说："请代我谢过丞相。"来人交代完以后就匆匆地离开了。过了一会儿，狱卒把胡富带到了法场，只见那里有四五十口棺材，满地是血。胡富战战兢兢地问道："怎么有这么多棺材呀？"狱卒回答说："周王命令把杨家所有人的尸体都收殓起来，如果杨文广没造反，也好做个交代。"说完以后，狱卒把胡富绑在了柱子上，又对他说："你自己做了亏心事，就在这里反省吧，我得离开这鬼地方了。"

到了半夜三更的时候，忽然从棺材中传出了喊冤的声音，声音此起彼伏，连绵不断。更令人感到恐怖的是有一口棺材居然动了起来，里面还传出了叫骂声："胡富，你这个奸贼，我们杨家和你无冤无仇，你为什么要陷害我们？快还我的命来。"胡富大声喊道："这不是我的主意，是张丞相要报复你们杨家。请你们安息吧，张丞相会为你们超度亡灵的。"那口棺材里又传出了声音："大家快动手，掐死这个狗贼报仇啊。"说完以后，附近的三四口棺材也动了起来，吓得胡富大喊救命。他的喊声惊动了住在附近的居民，一个人跑出来说:“大半夜的你喊什么呀,别人还得睡觉呢。”胡富赶忙解释说:“大哥,这里闹鬼了,吓死我了。”来人说:“要是你没做亏心事,就不应该怕鬼,一定是你做了什么对不起杨家人的事,才这么害怕。”胡富说道:“老哥哥,我也是被逼的呀。请你听我把事情的经过说一遍。”胡富为了找人做伴,就把事情的真相详细地说了一遍。他刚说完,周王就出现在了他的面前。周王对胡富说:“蠢材,要是早点交代了,你就不用吃这种苦头了。”原来这一切都是周王的安排,所谓张丞相的人也是周王的手下假扮的,而法场上满地的鲜血是事先泼上去的猪血,棺材里躺的是周王的家丁,通过装神弄鬼,这些人吓到了胡富。周王手下假扮的居民及时出现,借帮助胡富摆脱恐惧的机会套出了他的口供。周王得到胡富的口供以后,上殿呈给了神宗。神宗知道真相以后很生气,他下旨把胡富贬到辽东充军,丞相张茂则被贬为平民。

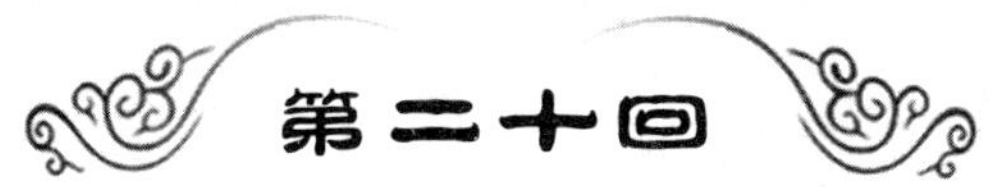

第二十回

宣娘设计擒鬼王　功成身退迁太行

处理完两个奸贼以后，神宗下旨命宣娘为元帅，孙立为监军，让他们带领五万人到白马关去支援杨文广。

宣娘接旨以后，带领着杨家的满堂春、邹夫人、孟四嫂、董夫人、周氏女、杨秋菊、耿氏女、马夫人、白夫人、刘八姐、殷九娘等十二位寡妇以及魏化和刘青一起前往白马关。鬼王张奉国围困了白马关一个月也不见宋朝派来援军，于是他派自己的妻子管三娘带人去攻打宋朝的咽喉甘州。领命以后，管三娘带领着军队向甘州进发，走到半路的时候，正好遇见了宋朝的援军。管三娘命令士兵摆开阵势迎敌，宣娘也列下了阵形，她命满堂春出阵和敌军交战。满堂春来到阵前，她大喝一声问道："敌军的将领通名受死。"管三娘得意扬扬地说："我是张元帅的妻子，你这个不知死活的丫头是谁？"满堂春答道："我是征西元帅杨文广的女儿满堂春。"两个人互相通报了姓名以后就战在了一起，大战了五十个回合也没分出胜负。管三娘心想：这个丫头有几分本事，我得用别的办法赢她。想到这里，管三娘念起了咒语，两军阵前顿时变得天昏地暗，沙土漫天飞舞。见到这样的情况，满堂春大喝了一声，昏暗的天空又恢复了光明。管三娘知道自己不是满堂春的对手，急忙逃跑，满堂春在后面追赶，过了一会儿，管三娘被紧追不舍的满堂春刺死。杀散管三娘带领的队伍以后，宣娘加快进军的脚步，宋军很快就到了离白马关十里的地方，宣娘命令士兵扎下营寨，她又命魏化飞进白马关给文广送信。

魏化领命飞进白马关，见到文广以后，魏化说："元帅，辛苦你了。宣娘告诉你明天天亮以后出兵，每个士兵都要用黄布裹住头，听到三声号角以后，士兵一齐从四城门杀出，不得有误。小将还要飞出城去通知宣娘。"文广大喜，送走魏化以后，他按照姐姐的吩咐开始准备。就在魏化进城去报信的时候，宣娘也没闲着，她飞到白马关上观察鬼王布下了什么阵势，她看到鬼王在四个城门都下了绝路符，心想：这个贼真狠毒，要不是我来了，文广一定会被困死。想到这里，宣娘飞到了观音大师的紫竹林，她含了净瓶中的一口水以后又飞回白马关。宣娘在空中把水洒在了白马关上，鬼王下的绝路符就被破了。做完这件事以后，宣娘回到营中休息，准备第二天和新罗国的逆贼大战一场。天亮以后，宣娘开始派兵，她命令满堂春、邹夫人、孟四嫂带领五千人杀向东门，董夫人、周氏女、孙立带人杀向北门，魏化、杨秋菊、耿氏女、白夫人杀向南门，而刘青等人则杀向西门，吩咐完毕以后，宣娘又说道："四路人马要听号令一齐进退，千万不能乱杀。"她命令将士们原地待命，等她察看完白马关中的形势以后再听号令发动进攻。宣娘在云朵上看到关内外的将士们都准备好了以后，就在空中吹响了三声号角。听到信号以后,宋军内外夹击,杀得新罗国的逆贼大败而逃,一直败退到镆铘关。鬼王奋力作战,才守住了城池。就在这时候,军兵又把管夫人被杀的消息告诉了鬼王,鬼王听说以后放声大哭,他边哭边说:"不杀了满堂春我誓不为人。"

不提鬼王如何伤心欲绝和准备报仇,再说说宋军这边。宣娘带着援军胜利地进入白马关,见到文广以后,宣娘说:"贤弟呀,要不是周王鼎力相助,我们全家人早就成了无头鬼了。"她把张茂借胡富回京请救兵的机会陷害杨家的事详细地对文广说了一遍,怀玉听完以后对文广说:"我们在战场这样卖命,朝廷却听信奸臣的谗言对我们百般刁难。早知道这样,我们就应该交出帅印回太行山过悠闲的日子。"文广说:"我们杨家一门忠烈,我们不能做出这样辱没祖宗威名的事。姐姐,你认为我们怎么做才能战胜鬼王呢?"宣娘回答说:"鬼王不是凡人,必须用计策才能擒住他。我已经想到办法了,你先派人到甘州取来几百箱纸,然后我们就开始准备。"在文广的命令下,几百骑兵很快就从甘州取回了纸张。宣娘首先念了一通咒语,然后又在每张纸上画了符。她告诉士兵如果遇到鬼王的迷魂阵,只要用纸一打就可以化解妖术,万一遇到洪水,只要把纸放在脚下就能浮在水面上作战。吩咐完军兵以后,宣娘又说道:"怀玉、文广、满堂春、魏化,明天你们四个人分别在四个方向拦截鬼王,不要让他从空中逃脱。到时候鬼王为了脱身一定会变化成东西,我们只要守在一边分辨出他,就能捉住他。"

鬼王因为妻子被杀十分伤心,他使出了自己的毒计。鬼王命人把一口装满水的大缸放在帐前,念咒以后,他吩咐士兵们用缸里的水洗了手脚。鬼王说:“一会出去交战的时候,我会作法放出大洪水,等宋军的士兵被淹以后,你们就冲上前去砍杀。”做完准备以后,鬼王命人出战,宋军也来到阵前摆下了阵势。就在两军开始交战的时候,忽然平地出现了滔天大浪。由于早就有了防备,因此宋军并不慌乱,他们把纸放在脚下以后,浮在水面上继续和新罗国的逆贼交战。过了一会儿,鬼王以为宋军都被杀光,就从营中出来观察情况。他惊奇地发现宋军不但没有被淹死,反而浮在水面上英勇地作战,鬼王心想:我这次遇到对手了。为了淹死宋军,鬼王回到营中继续作法,水面持续升高,大浪滔天。宣娘心想:这个鬼贼一定有自己的水源,我得想办法找到水源,彻底破了他的法术。于是,宣娘变成一只苍蝇,趁鬼王不注意的时候趴在他的身上,和他一起回到了新罗国的军营。鬼王来到帐前的大缸边念咒,宣娘则偷着飞到了缸边。等鬼王再次出去察看的时候,宣娘变回人形,她抽出大刀砍碎了水缸,外面的洪水马上就退了。鬼王感到很诧异,他回营察看发生了什么事。刚走进军营,鬼王遇到了从营中出来的宣娘,宣娘二话不说,举刀砍向鬼王。鬼王知道自己的法术已经被破,因此无心恋战。几个回合以后,鬼王趁宣娘不备,飞上天空往西方逃去了,就在他暗自庆幸的时候,忽然听见一声大喝:“鬼贼休走,你家先锋官在这里等候你很长时间了。”鬼王吓了一跳,抬头一看,杨怀玉拦住了自己的去路。鬼王只好转身逃

宣娘毁掉鬼王的水缸

往南面，没想到文广正在等待他，鬼王急忙逃窜到东面，又被魏化截了回来。被逼无奈，鬼王只好硬着头皮赶往北部，满堂春大喊了一声："鬼贼，还往哪里逃？"鬼王看到四方的道路都被封锁以后，心想：这个女人不简单啊，我只有变化成别的东西才能逃走。想到这里，鬼王变成一条蛇钻进水里。

宣娘喊道："鬼王变成一条蛇钻进水里了，我们大家变成鹰，等他出来的时候啄他的脑袋。"鬼王在水里憋了一会以后，以为已经骗过了宣娘，就露出水面观看，没想到刚露出水面就被杨文广变的鹰啄了一下，鬼王疼得直打滚，还没等他逃回水里，又被宣娘、魏化、满堂春各咬了一口。鬼王只好狼狈地逃回水里，他心中盘算自己还是变成一艘船吧，这样不容易引起别人的注意，或许能顺利地逃走。就这样，一会儿以后，水面上出现了一只小船。因为鬼王潜进水里以后再也没有露面，满堂春就对宣娘说："姑姑，鬼王已经逃走了吧。"宣娘说："他跑不了，你看那只船就是他变的，看我逼他露出原形。"只见宣娘把自己的衣带变成锁链去锁那只船，还没等锁链碰到船，船儿就变成一只鹧鸪飞上了天。

宣娘对大家说："看来只有布下天罗地网才能捉住鬼贼。"说完以后，宣娘把自己的征衣抛向天上，把征裙抛向地下，然后又念了一阵咒语。鬼王对这一切不知不觉，他看没有追兵赶来，以为自己已经逃脱了，没想到再往上飞的时候遇到了一张大网，他只好往下飞，却发现下面同样有一张网，更糟糕的是两张网开始往一起收缩，鬼王拼命地叫喊："饶了我吧，饶了我吧！"宣娘说："鬼贼，还不现出原形。"鬼王坚持不现出原身，满堂春气得拔光了他的羽毛。魏化砍去鬼王的两只膀子，鬼王疼痛难忍，就对宣娘说："姑娘，别收拾我了，我现在就变出原形。"只见鬼王变成了一个身长两丈，两眼突出，长着六只胳膊的怪物，大家都吃了一惊。捉住了李王和鬼王以后，文广决定在军前杀死他们两个人。宣娘说："贤弟，我们可以很容易就杀死李王。但是要杀鬼王还得费些功夫。鬼王原本是弱水上游的一个螃蟹精，有一天他变成铁拐李骗走了八仙的七粒仙丹，因此他能够起死回生七次。要杀鬼王必须先取出被他吞食的仙丹，贤弟你不用着急，等我到太上老君那里借到工具，炼出鬼王体内的仙丹以后就能杀死他了。"说完以后，宣娘飞向了空中。

不久以后，宣娘回到了军营，身后是两个身高三四丈的金甲武士，他们抬着一座高大的炉子。满营将士都吃了一惊，惊呼道：世界上竟有这么高大的人。宣娘对文广说："贤弟，我已经借来了烧炼鬼王的太乙炉。你快命人把鬼王放到炉子里吧。"文广马上吩咐军兵把鬼王放到太乙炉中，宣娘又命人在炉子的周围摆满石头，然后她开始念咒。念完咒以后，宣娘从袖子里拿出三昧真火点燃了炉子，顿时炉中燃起了熊熊大火，就连炉子周围的石头也被烧得吱嘎作响。一连烧了六十三天以后，七颗仙丹才被鬼王吐了出来。取出仙丹以后，文广命人斩了李王和鬼王，鬼王的尸体是一只巨大的螃蟹。彻底消灭了新罗国的祸害以后，文广下令班师回京。大军一路秋毫无犯地回到了京城，文广上朝把征战的经过对神宗讲述了一遍，然后他又献上了双王的人头。神宗非常高兴，他下旨重奖征西的将士，封杨文广为宁国公，宣娘为代国夫人，其他出征的将士也得到了封赏。神宗还赐给文广一条玉带和黄金百两，用来表彰他对国家的一片忠心。

为了表达对周王救命之恩的感谢，文广亲自到周王的府中拜谢。两个人饮酒畅谈到很晚，尽欢而散。回到京城以后，怀玉听说奸臣张茂又做了丞相，他心里十分不满，悄悄和三个哥哥商量以后，在元丰二年端午节的晚上，怀玉等人扮成强盗杀死了张茂的全家。已经看透了朝廷嘴脸的杨家人决定不再担任任何官职，他们搬到了太行山居住，从此以后不再为大宋朝廷效力。